www.mayabook.co.kr

www.mayabook.co.kr

www.mayabook.co.kr

퍼펙트 마아스터

퍼펙트 마이스터 ❺

지은이 | 서야
펴낸이 | 권순남
펴낸곳 | (주)마야·마루출판사

등록 | 2008. 1. 7(제310-2008-00001호)

초판 인쇄 | 2016. 6. 8
초판 발행 | 2016. 6. 10

주소 | 서울시 노원구 상계 1동 1049-25 신영산업 BD 602호
대표전화 | 02-2091-0291
팩스 | 02-2091-0290
이메일 | marubooks@hanmail.net

ISBN | 978-89-280-6918-7(세트) / 978-89-280-7080-0
정가 | 8,000원

잘못된 책은 교환하여 드립니다.
저자와 협의하여 인지를 붙이지 않습니다.

「이 도서의 국립중앙도서관 출판시도서목록(CIP)은 서지정보유통지원시스템 홈페이지(http://seoji.nl.go.kr)와 국가자료공동목록시스템(http://www.nl.go.kr/kolisnet)에서 이용하실 수 있습니다.」
(CIP제어번호:CIP2016013614)

퍼펙트 마아스터

MAYA & MARU MODERN FANTASY STORY
서야 현대 판타지 장편소설

5

마야&마루

※목차※

제1장. 또 다른 세상 속으로 …007

제2장. 뜻밖의 만남 …043

제3장. 상단의 비밀 (1) …073

제4장. 상단의 비밀 (2) …101

제5장. 붉은 드래곤 아그레스 …129

제6장. 세 번째 반지를 찾아서 …161

제7장. 다시 지구! …191

제8장. 불가사의 …221

제9장. 신연천과 석굴암 …249

제10장. 진실 …279

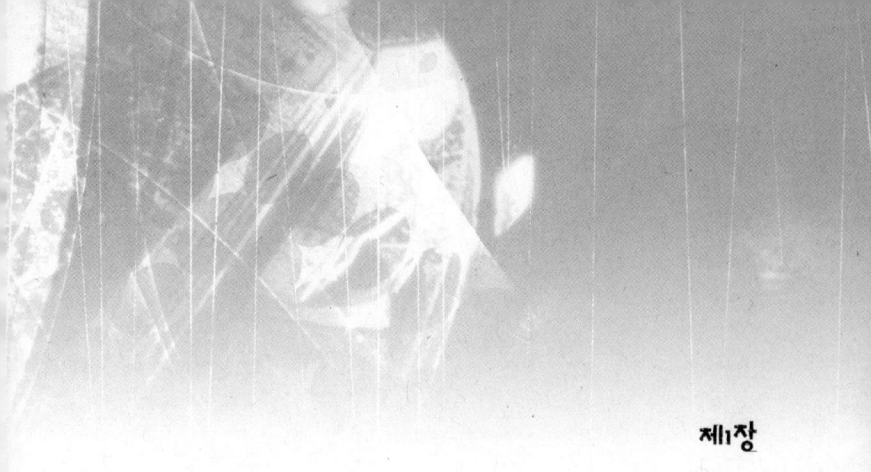

제1장

또 다른 세상 속으로

번쩍!

우르르릉- 콰쾅!

난데없이 번개와 천둥이 관악산 정상에 요란하게 내리쳤다.

후두두두두둑.

이어서 강한 비바람이 잇따라 쏟아졌다.

'갑자기 왜 이러지?'

김춘추는 자신의 아지트, 관악산 정상 부근의 진법이 설치된 동굴 안에서 나와 주변을 살폈다.

'특별히 비가 내린다는 예보도 없었는데.'

아니, 비가 올 징조조차 보이지 않았다.

김춘추는 가만히 하늘을 올려다보았다.
굵은 빗방울이 그의 얼굴에 떨어졌다.
'흐음.'
그는 날름 빗방울을 입을 열어 받아먹었다.
꿀꺽.
차가운 물방울이 그의 입안에서 목구멍으로 부드럽게 들어갔다.
'역시.'
무언가를 확인한 김춘추의 얼굴에 다소 긴장의 빛이 떠올랐다.
그는 억수같이 쏟아지는 빗줄기 속에서 바닥에 주저앉았다. 그의 온몸이 금세 젖어 갔다.
하지만 그는 개의치 않았다.
가부좌 자세를 하고 우수에 젖은 눈을 감았다.
김춘추가 이러는 데는 이유가 있었다. 그는 지금 자신에게 일어나려고 하는 그 일에 대해서 마음의 준비를 하고 있는 것이다.
박용찬과 아미를 대면한 게 불과 서너 시간 전이었다.
이예화와 아미가 서로 화해하고 어쩌고의 여부는 관심이 없었다. 박용찬이 갖고 있던 자신에 대한 궁금증도 적당한 선에서 풀어내 준 것 같다.
그의 눈빛을 보니 여전히 남아 있는 무언가가 있지만 그렇다고 무작정 자신에 대해서 그에게 보일 이유가 전혀 없었다.

문제는, 아미가 그에게 확신에 찬 어조로 한 말이었다.

또 다른 세상이 열린다는.

그것은 시바 여왕의 입으로 이미 전날 밤 꿈에서 들은 전언이었다.

또 다른 세상, 판테온.

'아마도 그렇겠지.'

아미의 능력이 뛰어나다는 것을 인정하는 것과 별개로 지금 당장 자신에게 일어나려고 하는 그 어떤 일에 대한 마음의 준비가 필요했다.

그랬기에 가족들과 저녁 식사를 마치고 김한기조차 물리치고 혼자 이곳에 오지 않았는가.

그런데 번개와 천둥이 내리꽂고 비바람이 친다.

하늘에 보이지 않던, 딱 이곳에서만 벌어지는 기후이리라.

그렇다는 것은 그 이유가 딱 하나이다.

리디아 황녀가 오던 그날, 그날도 이랬다.

'지금 일어나는 것일까?'

김춘추의 머릿속이 복잡해질 때, 그는 본능적으로 자신의 손가락에 끼어 있는 반지에서 가벼운 신농이 느껴졌다.

번쩍.

그는 눈을 떠서 자신의 반지를 쳐다보았다.
푸르른 용이 움직인다.
평소와는 다르게 빠르게 회전하고 있었다.
'아무런 준비도 없는데.'
김춘추는 순간 더 당황했다.
이렇게 빨리 일어나리라고는 예측하지 못했다.
하지만 그의 표정만큼은 무척이나 침착했다.
휘이이이잉휘이잉잉.
푸른 용이 더욱 빠르게 움직였다.
얼마나 빨리 회전하는지, 마치 그 소리가 구슬픈 울음소리처럼 들렸다.
회전하는 푸른 용의 회오리는 점점 커져 그를 완전히 감쌌다.
동시에…
번쩍!
번개가 갑자기 김춘추가 있는 곳을 향하여 무서운 속도로 내리꽂혔다.
뒤따라 천둥이 지축을 뒤흔들면서 울려 퍼졌다.
우르르르룽- 콰콰쾅쾅!
이대로라면 뼈도 제대로 추리지 못하리라.
하지만 다음 순간, 천둥과 번개와는 또 다른 강한 빛과 특이한 진동 소리가 그 주변 공간을 가득 메웠다.

팟!

그리고 푸른 용이 감싸던 회오리가 한순간에 사라졌다.

……

회오리가 사라진 그 자리엔 김춘추의 모습을 찾아보려야 찾아볼 수가 없었다.

그는 어디로 간 것일까?

더욱 기이한 것은 그토록 난리치던 번개와 천둥도, 강풍과 굵은 장대비도… 언제 그랬냐는 듯이 한순간에 전부 사라졌다.

판테온 헬레니드 대륙 서북부, 루머스 제국.

황제의 주최로 열리는 회의실에는 긴장감이 감돌고 있었다.

이제 황위에 오른 지 3년밖에 되지 않는 젊은 황제 필레 5세는 연신 무언가 마음에 들지 않는 듯이 어깨까지 닿은 금발을 손으로 아무렇게나 꼬고 있었다.

평소 그의 버릇이었다.

무언가가 잘 풀리지 않거나 짜증이 날 때 자신도 모르게 손으로 머리카락을 말아 빙빙 돌리곤 했다.

젊은 황제가 그러건 말건…

루머스 제국의 3개의 기둥 중 2명의 공작들은 자신들끼리 열변을 토하고 있었다.

그 광경만 봐도 젊은 황제가 이들의 얼굴마담밖에 되지 않는 것이 뻔히 보였다.

황제는 그저 허수아비에 불과했다.

선대 황제가 죽으면서 반란을 일으키던 무리를 제압한 업적을 높이 사게 된 베르사체 공작은 그 업적을 들고 그의 딸을 황비의 자리에 앉히게 되었다.

그로 인해서 가뜩이나 개국공신으로 오랜 세월 다져 놓은 공작가의 명성은 더욱 큰 권력을 함께 휘두르게 되었다.

하지만 샤온 공작가와 리스트란 공작가가 가만히 앉아서 베르사체 공작가에게 권력을 그대로 내놓을 자들은 아니었다.

그들도 연이어 자신들의 딸을 황제의 후처로 내놓는 파격적인 행동도 서슴지 않았다.

정통이든 아니든 황제의 총애를 받는 여자가 승리자니까.

그 결과, 샤온 공작가의 막내딸이자 황제의 후처인 크리스틴이 필레 5세의 관심을 끌게 되었다.

그로 인해서 베르사체 공작가와 샤온 공작가는 서로가 물어뜯기 바빴다.

그사이 리스트란 공작가는 별 큰 움직임이 없었다.

하지만 리스트란 공작가가 마냥 앉아서 두 공작가가 핵심 권력을 잡게 내버려 둘 리가 없었다.

루머스 제국 내에서 가장 잔인하고 가장 야비한 방법과 수단을 서슴지 않게 사용하는 귀족을 꼽으라면 단연코 리스트란 공작가니까 말이다.

리스트란 공작은 회의장에서 언성을 높이고 있는 베르사체 공작과 샤온 공작을 번갈아 쳐다보았다.

하지만 그의 눈빛은 예사롭지가 않았다.

'저자는 정말이지 언제 보아도 기분 나쁘군.'

필레 5세는 회의장에서 언성을 높이고 있는 무례한 두 공작보다 리스트란 공작이 더 짜증스러웠다.

그의 얼굴은 무척 평온해 보이지만, 사실 그런 얼굴이 더 무섭다는 것은 그도 잘 알고 있었다.

어쨌건 오늘 회의장 안건은 쉽게 결론이 날 것 같지 않았다.

필레 5세는 가볍게 한숨을 쉬었다. 그의 나이 겨우 25살인데 벌써 후계자를 정하려고 이들이 난리를 치고 있기 때문이다.

어찌 보면 이 분란이 난 것은 필레 5세도 그 책임을 면하기 어려웠다. 그가 2년 전 총애하는 크리스틴을 후처에서 제2황비로 지위를 올려 주었기 때문이다.

그녀의 임신 소식에 너무도 기뻐서 앞뒤 생각도 하지 않고 결정을 내렸다.

그 이듬해 크리스틴 제2황비는 아들을 출산했다.

문제는 바로 이어서 제1황비인 헤레가 임신을 하고 올해 초 아들을 출산한 것이다.

사실 여타의 다른 제국이나 왕국의 전례대로라면 제1황비의 아들이 후계자가 되는 것에는 별다른 반박의 여지가 없었다.

루머스 제국 또한 적통의 장남이 황위를 이어받는다.

문제는 '적통'이라는 의미에 있었다.

과거 제국의 선례에서는 '적통'의 의미를 황비가 낳은 아들로 인정하고 있었다. 필레 1세 때 제2황비에게서 태어난 자신의 황권을 정당화하기 위해 낳은 선례였다.

이것이 샤온 공작가에게 명분을 주었다.

당연히 자신의 딸인 제2황비가 먼저 아들을 낳았으므로 후계자가 되어야 한다고 주장하고 나섰다.

이로 인해서 가뜩이나 사이가 좋지 않던 베르사체 공작가와 샤온 공작가의 사이는 아주 틀어졌다. 두 공작가 자체가 개국공신으로 나라를 지탱하는 기둥이라는, 명성이 자자한 명망 높은 귀족가였으므로.

두 공작가는 한 치의 양보도 없이 왕의 후계자를 정하는 싸움을 벌이고 있었다.

회의석상은 이들의 싸움으로 쉽게 진정될 것 같지 않았다.

"자자, 두 공작께서는 폐하 앞에서 언성을 높이고 계십니다. 일단은 진정하십시오."

보다 못해 리스트란 공작이 한마디 했다.

"······."

"흐음."

베르사체 공작은 그 순간 입을 다물었다.

샤온 공작도 헛기침을 하면서 슬그머니 자리에 앉았다.

'기가 막힌 자들이로군. 내가 저 리스트란 공작보다 못한 존재던가.'

필레 5세는 오히려 그 상황 때문에 기분이 더 엿 같아졌다.

좀 전까지 자신이 몇 번이나 이들에게 조용히 하라고 권고하지 않았던가. 자신의 말은 귓등으로도 듣지 않던 가신들이 같은 가신의 입에서 나온 한마디에 입을 다물다니.

리스트란 공작이 필레 5세를 바라보았다.

씨익.

비릿한 미소가 리스트란 공작의 입가에 머물러 있었다.

'제길.'

필레 5세는 속이 부글부글 끓었다.

하지만 자신보다 40살이나 많은 늙은 리스트란 공작의 머리를 당해 낼 자신이 없었다.

가장 교묘한 자임으로.

지금은 자신의 감정을 드러낼 때가 아니었다.

"이제 좀 조용해졌구려."

필레 5세가 간신히 회의장에 앉아 있는 가신들을 바라보면서 한마디 했다.

"죄송합니다, 폐하. 하지만 후계자 문제는 하루 속히 지정되어야 마땅합니다."

베르사체 공작이 아직도 분이 풀리지 않는지 씩씩대면서 말했다.

"이미 정해진 것이나 다름없지 않소!"

샤온 공작이 발끈하면서 소리쳤다.

"뭐가 정해진 거나 다름없습니까? 그때는 제1황비에게서 아들이 없지 않았습니까!"

베르사체 공작이 또다시 발끈했다.

"로란드 2세 때의 일을 잊었습니까? 제1황비에게서 아들을 얻지 못하자 아들을 낳은 제2황비를 제1황비로 올려 주고 그 아들을 후계자로 삼았습니다. 이는 제1황비가 낳은 자식이 적통이라는 명백한 증거입니다!"

"그 무슨 소리요!"

샤온 공작이 또다시 소리쳤다.

'또 시작이군.'

필레 5세가 심드렁하게 그 둘을 바라보았다.

어느새 또다시 반복되는 말들이 회의석상에서 오고 갔다.

리스트란 공작도 이번에는 끼어들기 싫었는지 그저 팔짱을 끼고 무언가 곰곰이 생각하는 눈치였다.

'분명 무언가가 있는 것이다.'

필레 5세는 리스트란 공작을 보고 확신했다.

저 늙은 여우가 이제 겨우 마흔밖에 되지 않는 젊은 공작들이 치고받고 싸우는 광경을 그저 두고 본다는 것이 말이 되지 않았다.

어쨌든 간에 이대로라면 베르사체든 샤온이든 두 공작가에서 적통의 후계자가 탄생하는 셈이니깐.

리스트란 공작에게는 황제에게 시집보낼 만한 예쁘고 어린 딸이 없었다. 나이가 있는 만큼 그의 딸도 나이가 마흔 살에 가까웠기 때문이다.

보통 그런 경우 손녀딸 중에서 시집을 보내면 그만이었다.

문제는 자식들 중에도 딸이 없었다는 것이다.

대대로 리스트란 공작가에는 딸이 귀했다.

어쨌건 간에 먼 친척 중에서 미모가 탁월한 아이를 막내딸로 삼아서 필레 5세에게 시집보냈다.

하지만 그가 모르는 일 하나.

필레 5세는 리스트란 공작을 아주 미워했다.

물론 베르사체 공작이나 샤온 공작도 미워하기는 마찬가지였지만… 리스트란 공작은 얼굴만 봐도 치가 떨릴 정도로 필레 5세는 그를 아주 증오했다.

 권모술수의 대가, 리스트란 공작.

 필레 5세의 형들이 반란자들의 손에 무참하게 살해되었다는 말을 그는 믿지 않았다. 그 뒤에 리스트란 공작이 손을 썼을 것이란 의심이 아직도 젊은 황제에게는 있었다.

 젊은 황제는 늘 자신의 기분을 들키지 않으려고 애를 썼지만, 리스트란 공작의 막내딸이라는 여자를 가까이 두어 품을 정도로 정신이 강하지는 못했다.

 물론 젊은 황제가 자신의 형들처럼 정신이 강한 자였다면 도리어 살아남지 못했을지도 모른다. 그러니 리스트란 공작이 눈치 못 챌 리가 없었다. 젊은 황제가 다른 두 공작들보다 자신을 더 미워하고 싫어한다는 것을 말이다.

 다른 두 공작의 딸들보다 미모가 더 탁월한 여자를 두고도 첫날밤조차 치르지 않은 젊은 황제의 행동을 두고 모를 리가 없었다.

 회의실 안은 여전히 고함이 오가고 있었다.

 그때 리스트란 공작이 무슨 생각에서인지 헛기침을 했다.
"크흠!"

 그는 조심스럽게 필레 5세의 눈치를 살폈다.

 '저 작자가 왜 저러지?'

 가신들은 리스트란 공작의 행동에 궁금증이 일었다.

 한창 싸우던 베르사체 공작과 샤온 공작도 마찬가지였다.

늙은 여우가 왜 저러지?

"경은 할 말이 있소?"

필레 5세가 먼저 리스트란 공작에게 말을 걸었다.

그의 헛기침 하나에 회의장 분위기가 급변하는 것을 진심으로 감탄하면서.

"사실 회의하고는 별개의 일입니다. 소인의 개인적인 부탁이라서."

리스트란 공작이 조심스럽게 말을 꺼냈다.

그 광경만 보면 공작의 모습은 매우 충신처럼 보였다.

하지만 모두가 리스트란 공작의 본 성품을 잘 알고 있지 않은가.

"괜찮소… 말해 보시오. 어차피 다른 경들은 더 이상 할 말도 없는 것 같으니."

필레 5세가 베르사체 공작과 샤온 공작을 쳐다보면서 말했다.

그 바람에 두 공작의 얼굴에서 당황하는 빛이 스쳐 지나갔다. 자신들의 무례가 지나쳤다는 생각이 일었기 때문이다.

"제 딸년이 황제 폐하에게 시집온 지 3년이 다 되도록 후사를 낳지 못해서 나라와 폐하를 볼 낯이 없어서 그런지 벌써 몇 달째 제대로 먹지도 않고 있습니다."

리스트란 공작의 말에 회의장 분위기는 순간 냉랭해졌다.

"그래서 어쩌라는 겁니까?"

필레 5세가 살짝 짜증 섞인 어조로 말했다.

"송구합니다. 아비 된 자로서 딸이 안타까워서 몇 달 요양을 보내고 싶습니다. 폐하께서 허락만 해 주신다면."

리스트란 공작이 머리를 조아리면서 말했다.

공작답지 않은 태도였다.

'저자가 무슨 속셈이지?'

필레 5세는 그를 째려보았다.

그의 딸이 자식을 못 낳은 게 아니라 자신이 그의 딸을 품지 않는 것을 뻔히 모르지는 않을 텐데.

그것은 황실을 드나드는 명문 귀족가라면 모두가 눈치채고 있는 사실이었다.

"안 그래도 레이나 님의 안색이 몹시 좋지 않아 보였는데. 요양이 시급하다는 데 저는 동의합니다."

급한 성격의 샤온 공작이 참견했다.

그로서는 리스트란 공작의 딸 레이나가 제국에서 사라지면 환영할 일이었다. 젊은 황제가 어느 순간 마음이 변해서 레이나를 품을 수도 있다. 그렇게 되어 만약 아들이라도 낳는다면… 그리고 자신의 딸처럼 황비라는 지위를 받게 된다면 일은 아주 복잡해진다.

저 늙은 여우 리스트란 공작이 가만있지 않을 테니까.

필시 피바람이 거세게 몰려올 게 뻔했다.

"폐하, 레이나 님에게 요양이 필요하다는 것은 이미 저희 가신들도 인정하고 있던 바입니다."

옆에서 베르사체 공작도 한마디 거들었다.

좀 전까지 그렇게 싸워 대던 3명의 공작이 지금 일개 후처의 요양에 대동단결하고 있었다.

필레 5세는 자신도 모르게 헛웃음이 나왔다.

"그래, 어디로 보내려고 하지?"

"아무래도 가장 국경이 가까우면서도 바다가 접해 있는 연합10개국 중 한 곳으로 보낼까 하옵니다. 레이나가 바다를 무척 좋아하기도 하고."

"연합10개국이라······."

필레 5세는 리스트란 공작의 말에 고개를 끄덕였다.

연합10개국은 루머스 제국과 마찬가지로 주신 주피터를 모시는 데다 동맹국이었다.

헬레니드 대륙 북동부 타라 해안에 위치한 작은 소국들로, 왼쪽으로는 아레온 왕국, 위로는 루머스 제국과 국경 등이 맞닿아 있는 나라들이었다.

그런 나라들 10개국이 연합해 있었고, 아레온 왕국과는 함께 위로 루머스 제국을 떠받드는 소국들이었다.

루머스 제국 입장에서는 그다지 큰 문제는 없어 보였다.

게다가 리스트란 공작의 속셈이 무엇인지 알아챘다고 해도 지금 이 자리에서 3명의 공작을 허수아비 왕이 이길 리가 없었다.

'그녀의 뒤를 미행시켜 보면 저 늙은 여우의 속셈을 알게 되겠지.'

필레 5세는 리스트란 공작을 지그시 쳐다보았다.

공작 역시 인자한 미소를 띠면서 젊은 왕을 올려다보았다.

◈ ◈ ◈

쏴아악.

차가운 물이 쓰러져 있는 김춘추의 머리를 향해 쏟아졌다.

"으... 윽......!"

찬물의 감촉에 김춘추는 정신이 돌아왔지만 이내 머리가 깨질 듯이 아파 오는 것을 느꼈다.

'내가 언제 정신을 잃었지?'

그는 기억을 더듬으려고 애를 썼다.

"아저씨, 뭐해요?"

어디선가 어린아이의 목소리가 들려왔다.

'아직 한국인가.'

김춘추는 그리 생각하고는 고개를 간신히 올려 위를 쳐다보았다.

한 꼬마가 눈에 들어왔다.

근데 이상하다. 한국인치고 아이의 눈동자 색깔이며 머리카락이 전혀 다르다.

'혼혈? 아니, 뭔가 이상하다.'

김춘추는 생각을 모으려고 애를 썼다.

"아저씨, 정신 차렸으면 어서 올라와요. 안 그러면 저 갈 거예요."

꼬마가 손짓을 하며 재차 김춘추를 부른다.

희한하다. 꼬마가 하는 말이 한국말이 아님을 김춘추는 그제야 깨달았다.

"자, 잠깐만……."

김춘추는 자기도 모르게 입을 열다가 이내 입을 다물었다. 자신의 입에서도 이상한 말이 나온다.

그런데 그 말의 뜻을 머리는 알아듣고 있었다.

그러고 보니 꼬마의 말도 한국말이 아니었다. 전혀 다른 느낌의 언어였다.

그런데 마치 한국말로 대화하는 것처럼 전혀 문제가 없었다.

"빨리 안 올라오시면 저는 그냥 갈래요."

꼬마가 선포하듯이 말을 하고는 몸을 돌린다.

휘익.

김춘추는 가볍게 몸을 위로 붕 띄웠다.

탁.

"올라왔다."

김춘추가 꼬마의 뒤통수를 향해서 말했다.

빙그르르르.

꼬마는 가볍게 몸을 회전하면서 미소를 지었다.

김춘추는 꼬마의 손에 커다란 항아리 같은 것이 들려 있음을 보고 이내 깨달았다.

자신에게 차가운 물을 부어 준 사람은 꼬마였다.

그러고 보니 언제 저렇게 커다란 웅덩이 같은 곳에 자신이 처박혀 있었지. 전혀 기억이 나지 않았다.

"이제 저랑 우리 집으로 가요."

꼬마가 말했다.

"날 처음 볼 텐데……."

김춘추가 꼬마를 염려하면서 말했다.

아무래도 낯선 성인 남자를 집에 데려가면 집에서 황당해하지 않을까 하는 생각이 스쳤다.

"그러면 가시던 길 가세요."

꼬마가 무덤덤하게 말했다.

꼬마치고 꽤 영악해 보였다.

"그, 그게……."

김춘추는 꼬마와 이대로 헤어지고 싶지 않았다.

아무래도 이것저것 물어봐야 할 일들이 많았다.

씨익.

꼬마가 환하게 웃는다.

"농담이에요. 우리 아버지가 깨워서 데려오라 했어요."

"아버지가?"

"아저씨를 제일 먼저 발견한 사람이 우리 아버지거든요.

"그렇구나."

"우리 아버지는 아주 바쁜 사람이니깐 직접 깨울 수가 없었어요. 그러니 우리 아버지를 보지도 않고 나쁜 사람이라고 속으로 생각하시면 안 돼요."

꼬마가 단호한 어조로 말했다.

꼬마의 얼굴에서는 아버지에 대한 자랑스러움이 느껴졌다.

"이름이 뭐니?"

"앤더슨 오그니."

꼬마, 앤더슨이 아주 자랑스러운 어조로 자신의 성을 강조했다.

"반갑구나."

그러자 앤더슨은 김춘추를 올려다보면서 입을 내밀었다. 불만이 있어 보였다.

'내가 뭐 실수했나?'

김춘추는 고개를 갸웃거렸다.

"아저씨는 제가 성을 댔는데 왜 목례조차 하지 않아요?"

"성?"

"오그니요. 음… 성이 뭔지도 몰라요?"

앤더슨이 한 발짝 뒤로 물러나서 김춘추를 위아래로 훑어보았다.

김춘추는 아직 앤더슨에게 물어볼 게 많았다.

자신을 불신의 눈빛으로 바라보는 앤더슨이 이대로 그냥 가 버리기라도 한다면…….

김춘추는 그제야 주변을 두리번거렸다. 여타 시골과 다름없는 풍경이었다. 하지만 이내 그의 가슴에 마나가 꽉 차 있음을 깨달았다.

'이 중요한 것을 왜 깨닫지 못했을까?'

대기 중에도 마나가 꽉 차 있다.

마나가 꽉 차 있는, 특별히 마나의 소모 없이도 쉽게 마법을 시현할 수 있는 곳.

그곳이 어디겠는가?

하지만 일단 속단은 금물, 꼬마에게 한 번 더 확인하기로 마음먹었다.

"아저씨가 아직 정신이 없구나. 그러니 네가 자비를 베풀렴."

다정한 말과 눈을 맞추려 무릎을 살짝 구부린 행동이 마음에 들어설까, 앤더슨은 고개를 끄덕이면서 말했다.

"이해해 드릴게요. 저런 곳에 기절한 채 처박혀 있었으니 머리도 아프실 거예요."

앤더슨이 고개를 끄덕이면서 말했다.

"아, 그렇구나. 내 이름은 김춘추야."

김춘추가 다정한 어조로 말했다.

"김춘추? 정말 이상한 이름이네요."

앤더슨이 머리를 갸우뚱거렸다.

"저처럼 성은 없어요?"

"그건 말할 수 없단다."

김춘추가 미소를 지어 보였다.

아직 모든 상황이 파악되지도 않았는데 섣불리 성을 가짜로 만들거나 하는 것은 오히려 나중 상황을 꼬이게 만들 것이 분명했기 때문이다.

"칫, 헬레니드 대륙 사람이라면 모두 같은 연력을 쓰고 성을 가진 자들은 귀족인데. 뭐가 그렇게 비밀이에요?"

앤더슨이 투덜거렸다.

"미안하다."

김춘추는 미안한 표정을 지어 보였다.

하지만 그의 속은 말이 아니었다.

'역시.'

자신이 온 곳이 어딘지 확인한 김춘추의 눈이 자신도 모르게 감겼다.

관악산 아지트에서 펼쳐진 그 특이한 형상과 푸른 용 반지의 회전은 결국 자신을 판테온 세계로 안내했다.

이것에 대한 의문은 아직 끝없이 남아 있었다.

시바 여왕을 꿈에서라도 만나면 따져야겠다. 물론 시바 여왕이 지구에서처럼 꿈에 나타날지도 의문이었다.

'그렇다고 다짜고짜 사람을 이런 데 처넣다니.'

김춘추는 아랫입술을 꽉 깨물었다.

하지만 고마운 점도 있었다.

앤더슨과 이렇게 대화를 할 수 있다는 점.

그 이유가 무엇일까?

생각해 보면 4서클 마법사인 리디아도 지구에 오기 위해서 특별한 통역 아티팩트를 판테온에서 가지고 왔다.

그런데 자신은 그녀보다 한 서클 마법도 낮았으며 아티팩트도 없었다.

하지만 직감적으로 그는 푸른 용, 자신의 손가락에 끼어 있는 반지 덕분이라는 걸 알았다.

지구에서나 판테온에서나 그냥 보기에는 평범한 은반지에 불과했다. 그 누구도 이것이 푸른 용의 변신이라는 것을 알아채지 못할 것이다.

'음, 그렇다는 것은 반지가 가진 힘이 무궁무진하다는 건데.'

그는 차근차근 자신의 생각을 정리하기 시작했다.

"아저씨, 저 갈래요."

앤더슨이 불만 섞인 어조로 김춘추의 상념을 깨웠다.

"아, 미안하구나. 같이 가자."

김춘추는 얼른 앤더슨의 뒤를 따랐다.

아직 앤더슨에게 확인할 게 많았다.

첫 만남에서 호의를 보여 주는 사람이 얼마나 될까?

웅덩이에 처박혀 기절해 있는 자신을 집으로 데려가라고 지시한 꼬마의 아버지나 자신을 깨워 준 꼬마나.

어느 세계 간에 이런 호의를 베푸는 사람을 만나는 것은 쉽지 않은 일일 거라고 김춘추는 판단했다.

그렇다면 실례가 되지 않는 범위 내에서 이 세계에 대해 최대한, 기초적인 것이라도 이들에게 확인하는 것이 낫다고 판단했다.

앤더슨의 뒤를 쫓아가는 와중에도 김춘추의 머릿속은 연신 지금 이 상황을 분석하기에 바빴다.

자신이 판테온에 온 것까지는 알겠다.

하지만 리디아가 살았던 시대인지 아닌지도 중요했다.

두 세계 간의 시간대에 관한 의문?

판테온의 시계가 지구의 시계와 꼭 같지 않을 수 있다는 것이 그를 불안케 했다.

리디아의 말에 의하면 그것은 아무도 모른다는 것이다.

지그에논 제국을 세웠다는 그분, 그분이 남긴 것들 중 많은 부분이 소실되었다는 것이다. 그렇다면 직접 자신이 서

또 다른 세상 속으로 • 31

있는 시대가 어느 시대인지 확인해야 한다.

운이 좋아서 리디아가 살았던 시대라면 좋을 텐데.

하지만 아니더라도 지그에논 제국을 찾아가서 황제에게 접근해야 한다. 리디아가 마법의 문을 열어 지구로 돌아왔으니 지그에논 제국의 황제는 그 방법을 가지고 있을 것이다.

이 대륙에서 유일하게 두 세계를 오갈 수 있는 비밀을 쥐고 있는 자가 바로 지그네온 제국의 황제일 테니 말이다.

그로서는 마냥 푸른 용의 반지가 차원의 문을 열어 줄 때까지 기다릴 수가 없다.

반지를 지배하지 못하면 사실상 무용지물이나 다름없었다.

지금으로써는 그나마 통역 아티팩트 기능을 열어 준 것을 고마워해야 할 지경이었다.

'그냥 푸른 용을 회유하는 방법을 찾을까?'

앤더슨의 뒤를 따라가는 김춘추의 머릿속은 아주 복잡해졌다.

이런 생각, 저런 생각.

이런 방법, 저런 방법.

경쾌한 답이 나오지 않았다.

앤더슨의 집은 자신이 귀족이라고 주장하는 것처럼 귀족

가의 집처럼 전혀 보이지 않았다. 그냥 평범한 농가에 불과했다.

하지만 김춘추는 그 말을 입 밖에 내지 않았다.

귀족의 성을 가지고 있다는 것에 대해서 앤더슨이 매우 자랑스러워한다는 사실을 잘 알고 있으므로.

"어서 오세요."

앤더슨의 어머니는 친절했다.

이미 남편의 지시를 받은 까닭인지 식탁에는 갈색의 커다란 빵과 몇 가지 채소들이 놓여 있었다.

"좀 드세요."

앤더슨의 어머니, 제인이 김이 모락모락 나는 수프를 들고 와 식탁에 내려놓으면서 말했다.

김춘추는 집 안 모습을 스캔하듯이 쳐다보았다.

정말이지 대한민국의 시골이나 서울의 달동네와 같은 정경과 너무도 똑같다는 점에서 놀라웠다.

아궁이를 만들어 나무로 불을 때고 그 열을 이용해서 음식을 만들거나 집 안의 난방을 책임졌다.

물론 채소들의 조리법은 무치고 볶는 한국과는 달리 거의 날 것 그대로 삶아서 그대로 내놓은 것 같았다.

'조리법이야 이쪽이 훨씬 낫군.'

김춘추는 수프와 빵, 채소를 맛있게 먹었다.

신기한 게, 거의 조리하지 않은 채소에서 마나의 기운이 느껴졌다. 물론 희박하긴 했지만.

그 덕인지 아무것도 넣지 않고 삶기만 한 채소의 맛이 더욱 좋았다.

몸이 더 건강해지는 느낌이랄까.

'이런 채소를 한국에서 판다면 대박일 텐데.'

김춘추는 몹시 아쉬웠다.

마나가 배인 채소라니.

피로가 회복되고 지끈거리던 두통이 멈추었다.

단지 몸이 더 건강해지는 느낌이 아니라 먹으면 먹을수록 마나의 효능이 드러났다.

물론 아주 큰 효능이 나는 것은 아니지만, 이 정도도 김춘추에게는 신선한 충격을 주기에는 충분했다.

'이걸 지구에 가져갈 수만 있다면.'

김춘추는 입맛을 다셨다.

누가 상상이나 했겠는가.

물론 자연이 주는 무궁무진한 능력과 선물은 굉장하다.

약을 만드는 데 있어서 그 재료들은 바로 이런 식물들 등 자연에서 얻는 것이다.

하지만 그 효능을 얻으려면 아주 오랫동안 약초 등을 달여 마시거나 가루로 내어 보약을 지어 먹는 방법 외에는 추출해서 약으로 만드는 방법 등을 이용한다.

하지만 이곳에서는 마나 덕에 한 끼의 식사로 기운을 회복할 수 있다니.
확실히 놀라웠다.
'마나라는 게 다양하게 활용될 수 있구나.'
김춘추는 식사 내내 연신 감탄할 수밖에 없었다.
마나는 마법에만 이용된다는 공식이 깨지는 순간이었다.
"그렇게 신기해요?"
꼬마 앤더슨이 호기심 어린 눈으로 물었다.
"그렇구나. 우리나라에서는 이런 특별한 채소가 없거든."
김춘추가 순순히 대답했다.
"식사하시는데 너무 방해 말자."
제인이 아들을 제지하면서 말했다.
"네."
앤더슨은 고개를 끄덕이면서 제 몫의 스프를 먹는 데 열중했다.
김춘추는 제인이 아들을 잘 키우고 있다고 생각했다.
허름한 농가였지만 집 안은 제법 정갈하고 깔끔했다.
앤더슨의 말대로 귀족가라는 프라이드가 집 안 곳곳에 서려 있었다. 한쪽 벽면에는 가문을 상징하는 도끼가 그려진 깃발이 걸려 있었다. 아마도 오그니 가문의 상징이리라.

식사를 마친 후, 김춘추는 제인이 내어 준 차를 마시고 있었다.

"언제 돌아오십니까?"

그는 앤더슨의 아버지 오그니 씨가 아직도 돌아오지 않은 것을 의아하게 여기면서 물었다.

"다린 베네사 남작께서 아직 돌아오시지 않았으니 그이도 늦을 거예요."

제인이 차분한 어조로 말했다.

"우리 아빠는 다린 베네사 남작의 가족을 지키는 기사예요. 그래서 하루 종일 영지 내를 순찰하면서 바쁘게 움직이세요."

앤더슨이 자랑스럽게 말했다.

앤더슨에게는 아버지가 꽤나 자랑스러운 존재임이 명백하게 느껴졌다.

"기사라니, 정말 멋진걸."

김춘추가 엄지를 치켜들면서 말했다.

리디아에게 지그에논 제국이나 판테온에 대해서 어느 정도는 얘기를 들었기 때문에 김춘추는 기사가 무엇을 하는 직종인지 알고 있었다.

더구나 딱히 리디아에게 판테온에 대해서 이야기를 듣지 않았더라도 푸른 용 반지가 기사로 번역해 주는 것을 보면 지구에서 그 일의 개념이 무엇인지 파악할 수 있었다.

지구에서도 중세기에는 기사니, 공주니, 남작가니 하는 작위가 존재했으니까 말이다.

푸른 용 반지가 통역과 함께 자동으로 전환해 주는 말들은 김춘추의 머릿속에서 든 단어들을 배열해 주는 것이다.

물론 그의 머릿속에 존재하지 않는 단어가 있다면 그대로 들려왔다.

'영지의 기사가 하루 종일 영지를 순찰하고 다닌다라.'

김춘추는 오그니 씨의 지위가 기사 중에서도 아주 말단이라는 것을 알 수가 있었다.

하지만 앤더슨에게는 내색하지 않았다. 그리고 그가 무슨 지위에 있건 김춘추와는 전혀 상관없는 일이었다.

"아저씨도 기사 아니에요? 아까 보니깐 그 커다란 웅덩이에서 가뿐하게 빠져나오셨잖아요."

앤더슨이 물었다.

"앤더슨, 실례야."

제인이 황급히 아들을 저지하면서 말했다.

힘 좀 쓴다고 해서 무조건 기사일 리는 없다. 용병들도 있으니.

더구나 김춘추의 행색을 보니 기사라고 하기에는 너무도 이상했다. 기사들은 수호하는 가문이 달라도 전통적으로 입는 차림새가 있었다. 그런데 망토를 두르지 않는 것은 그렇다고 해도 가문을 상징하는 마크조차 달려 있지 않았다.

기사라면 아주 특별한 경우를 제외하고는 이런 옷차림새를 할 리가 없었다.

그럴 수밖에. 김춘추는 활동복으로 대한민국에서 선풍적인 인기를 모으고 있는 리바이스 청바지와 위에는 회색 면 티를 걸치고 있었다.

이런 차림새는 판테온에서는 찾아보려야 찾아볼 수 없었다.

그러니 제인 역시 그녀가 아는 범위 내에서는 한 번도 보지 못한 이상한 옷이었다.

그러니 대륙을 떠도는 용병이지 않을까.

그쪽이 더 신빙성이 높았다. 용병과 상단들은 대륙 전역을 떠돌면서 희한하고 신기한 물건들을 접할 수 있으니 말이다.

상대가 용병이든 기사든 대놓고 물어보는 것은 귀족가의 자제답지 않은 태도였다.

항상 오그니 가문의, 비록 방계에 불과하지만… 그래도 가문의 이름에 먹칠을 하지 않도록 자식을 교육시키는 데 가장 노력을 기울이는 사람이 바로 남편 크림슨이었다.

"괜찮습니다. 저는 기사가 아닙니다."

김춘추가 미소 지으면서 대답했다.

"아……."

"아……."

그러자 동시에 두 모자가 고개를 끄덕였다.

그들은 김춘추의 말에 용병이라고 확신했다.

물론 김춘추는 그들이 왜 고개를 끄덕였는지 이해하지 못했지만.

"죄송한데 지금 대륙년을 알 수 있을까요?"

김춘추가 두 모자를 보면서 물었다.

"헬레니드 대륙년 3865년이에요. 그런데 아저씨는 그런 것도 몰라요? 혹시 북쪽에서 온 첩자예요?"

앤더슨이 재빨리 대답하면서 이상한 눈초리로 물었다.

"내가 몇 년 산속에 처박혀 있어서 몰랐구나."

김춘추는 대충 둘러댔다.

그는 리디아에게 어느 정도 이곳에 대해서 들을 수 있었다는 점을 고마워했다.

판테온은 크게 두 대륙으로 나뉜다.

5개의 대륙을 가지고 있는 지구와는 달랐다. 특히 두 대륙이라고 하지만 북쪽에 위치한 사이온 대륙은 헬레니드 대륙에 비하면 크기가 10분의 1 정도밖에 되지 않았다.

판테온의 땅 10분의 9를 헬레니드 대륙이 사실상 차지하고 있는 것이다.

더구나 사이온 대륙과 헬레니드 대륙 사이에 존재하는 바다는 지구의 태평양과 대서양을 합친 것보다 더 넓었다.

그러니 두 대륙 사이에 왕래가 거의 없었다.

그렇다 보니 헬레니드 대륙에 있는 왕국이나 제국, 공국들은 대륙 내에서 모든 것을 해결했다.

헬레니드 대륙년으로 대륙에 있는 모든 나라의 연력을 통일하고 있었다.

대륙년을 모른다는 것은 북쪽 사이온 대륙에서 왔다는 건데, 두 대륙 간 교류가 없는 만큼 북쪽 사람에 대한 이상한 말과 오해가 굉장히 크다는 것이 리디아의 이야기였다.

"무슨 산이요?"

앤더슨이 여전히 못 미더운 표정을 지었다.

아버지의 명으로 웅덩이에 처박힌 사람을 구해 주었지만 혹시나 상대가 첩자라면 당장 아버지에게 일러야 했다.

"코러스 산이라고 들어 본 적 있니?"

김춘추는 짐짓 시치미를 떼면서 말했다.

"우와, 코러스 산에서 몇 년이나 살았단 말이에요?"

앤더슨이 환호성을 지으면서 말했다.

김춘추는 앤더슨의 의심이 풀리는 것을 보고 빙그레 웃었다. 아이들은 이럴 때 보면 참 단순하다.

"여기는 연합10개국 중 우타국이에요."

제인이 김춘추에게 친절하게 설명했다.

"아, 우타국이군요."

김춘추의 표정이 순간 환해졌다. 언젠가 리디아에게 들은 바 있는 연합10개국을 떠올리면서 고개를 끄덕였다.

하지만 연합10개국 전부를 알 리는 없었다. 그저 주신 주피터를 모시는 해안가에 위치한 소국들이라는 것만.

그래도 김춘추는 속이 뻥 뚫리는 것을 느꼈다.

리디아에게 들은 바로는 이 연합10개국이 이렇게 연합을 한 지는 50년도 채 되지 않았다고 했다.

그렇다는 것은 지금 그가 도착한 이 시대가 리디아와의 연결점이 아주 많을 가능성이 높았다.

김춘추는 자신도 모르게 자리에서 발딱 일어났다.

그러고는 두 손을 모아 가슴에 갖다 대었다.

"주신의 빛이 온 대륙에 비치기를 바랍니다."

김춘추가 그렇게 말하자 두 모자가 재빨리 두 손을 모아 합창하듯이 똑같이 따라 했다.

제2장

뜻밖의 만남

김춘추는 자신을 따라 하는 두 모자를 슬쩍 쳐다보았다.

주신 주피터를 모시는 사람들이라면 반드시 서로 만났을 때 하는 기도문이었다.

물론 주신 주피터를 모시지 않더라도 상대에 대한 예의로 이 기도문을 말하는 사람들이 종종 있었다.

'이것으로 나에 대한 의심은 없겠군.'

그는 진심으로 리디아에게 고마워했다. 시간을 내어 그녀의 이야기를 들은 것이 이곳에서 큰 도움이 되었다.

문제는 연합10개국이 어디에 있다는 것 자체는 리디아에게 들었는데, 지그에논 제국이 연합10개국과 얼마나 떨어져 있는지는 알 수 없다는 점이었다.

판테온에 올 줄 알았다면 진작 리디아에게 더 자세히 물어볼 것을… 여러 가지로 아쉬웠다.

시바 여왕에게 조만간 다른 세상이 열릴 것이라는 말을 들었을 때 대비했어야 했다.

'하루 만에 판테온으로 옮겨질지 누가 알았어.'

김춘추는 나름 변명거리를 떠올렸다.

"아저씨는 왜 산에서 몇 년 동안 사신 거예요?"

앤더슨이 손을 가슴에서 떼자마자 질문했다.

"마법을 수련하느라."

김춘추가 덤덤하게 대답했다.

"마법이요?"

앤더슨의 눈이 휘둥그레지면서 소리쳤다.

"응, 나는 마법사야."

김춘추가 자신의 가슴속에서 빛나고 있는 3개의 서클을 떠올리면서 말했다. 이렇게 마나가 충분한 곳이라면 그가 알고 있는 3서클 마법을 전부 시현할 수가 있었다.

그 생각에 미치자 김춘추의 가슴은 점점 뜨거워지기 시작했다. 어디 숲 속이라도 들어가서 자신이 아는 마법을 전부 시현해 봤으면 하는 흥분감 때문이다.

아는 것과 실제로 하는 것은 다르지 않은가.

마법도 시현할 수 있는 것과 제대로 시현하는 것은 큰 차이라고 리디아가 강조하지 않았던가.

갈고닦고 연습해야 한다. 마법의 세계는 그만큼 광활하고 넓다고 했다.

"와, 저도 가르쳐 주세요!"

앤더슨이 흥분에 겨워서 소리를 질렀다.

함께 식사하고 대화하는 내내 아들이 예의범절을 지키게끔 간간이 제지하던 제인이 웬일로 아무런 말이 없었다.

아니, 그녀의 눈빛도 반짝반짝 빛나고 있었다. 아무래도 이곳에서는 마법사가 흔하지 않다는 리디아의 말이 사실인 듯싶었다.

마나가 대기에 충분한 판테온이지만 그렇다고 쉽게 마법사가 되는 것은 아니다. 마법 자체가 워낙 오랜 세월을 두고 수련해야 하는 까닭에, 단기간에 마법을 수련하기 위해서는 고급 포션이니 하는 것을 복용할 수밖에 없었다.

그런데 고급 포션 한 병의 값이 웬만한 저택의 값과 맞먹으니 대귀족가가 아니면 마법을 배운다는 것은 꿈도 못 꾸었다.

그렇다 보니 마법사들의 출신이 대귀족인 경우가 허다했다.

물론 포션을 복용하지 않고 오랜 세월 인내하면서 마법을 수련하는 방법도 있었다. 보통 사람들이 할 수 있는 가장 일반적인 방법이었다.

그와 같은 까닭에 6서클의 대마법사들은 제국의 궁정에

서나 만나 볼 수가 있는 희귀한 사람들이었다.

이런 일반적인 방법으로 3서클에 다다른 사람들은 대부분 50, 60세가 넘었다.

그 외엔 코러스 산등 대기에 마나가 농축되어 있는 숲 깊숙이 들어가 수련하는 방법이 있었다.

하지만 제대로 수련하기도 전에 그곳에 사는 몬스터들에게 잡혀먹기 딱 좋았다. 그러니 몇 년 동안 산에 가서 마법을 수련했다는 김춘추의 말이 이들에게는 그럴듯하게 들릴 수밖에 없었다. 대귀족처럼 보이지 않는 자가 마법사가 될 수 있는 유일한 방법이었다.

"아저씨는 하늘이 도왔나 봐요."

앤더슨이 흥분된 어조로 말했다.

"그래, 그렇구나."

"근데 왜 웅덩이에 처박혀 계셨어요?"

"그게… 마법을 시현해 보다가……."

김춘추는 대충 둘러대었다.

"아……."

앤더슨과 제인이 고개를 끄덕였다.

김춘추가 마법사임을 밝히자 좀 전까지 그를 의심 어린 눈초리로 보던 두 모자의 태도가 일변했다.

"그런데 아버지께서 꽤 늦으시는구나. 인사를 드리고 떠나야 하는데."

김춘추가 마음에도 없는 소리를 했다. 아직 더 이들에게 물어볼 게 남았기 때문이다. 지그에논 왕국이 대륙의 어디쯤에 있는지, 리디아가 살던 시대인지 확인해야 했다.

물론 이들이 지그에논 왕국의 공주 이름까지는 알지 못하겠지. 이들에게 들은 대륙년으로는 리디아가 살던 시대인지 확인할 수가 없었다.

'진작 대륙년 정도는 확인해 둘걸.'

김춘추로서는 몹시 뼈아픈 일이었다.

대륙년 정도만 확인했더라면 좋았을 텐데.

하지만 이미 엎질러진 물에 연연하는 것은 좋지 않았다.

지그에논 왕국으로 들어가면 어차피 알게 될 일.

아니, 다른 방법이 그사이 생긴다면 더 좋고.

톡, 톡.

문밖에서 노크하는 소리가 들렸다.

제인이 일어나 문을 열었다. 문틈 사이로 주근깨투성이의 소녀가 얼굴을 내밀었다. 베네사 남작가에서 일하는 하녀의 딸, 크리스핀이었다.

"무슨 일이니?"

제인이 근심 어린 표정으로 물었다.

"오늘 크림슨 아저씨는 집에 오시지 못하실 거예요."

"무슨 일이 있니?"

"저는, 저는 말하면 안 돼요."

크리스핀이 두 손을 입에 갖다 대면서 말했다.

"크리스핀, 우리 아버지에게 무슨 일이 생긴 건 아니지?"

앤더슨이 문에 바짝 다가가서 말했다.

"그건 아니야. 오늘 남작가에 손님… 아, 저는 말하면 안 돼요. 어쨌든 저는 전달했어요."

크리스핀은 황급히 입을 다물더니 두어 걸음 뒷걸음치다가 이내 달리기 시작했다. 걸음이 어찌나 빠른지 김춘추가 문으로 다가갔을 때는 저만치 작은 점으로 보일 정도로 멀어졌다.

'신분을 드러내지 못할 정도의 손님이 오신 건가.'

김춘추는 그렇게 생각하면서 아무런 내색도 안 하고 탁자로 돌아왔다.

두 모자만 있는데 이곳에서 밤을 보내는 것은 매우 실례였다. 아무래도 오늘 밤은 밖에서 자는 것이 낫다고 그는 판단했다.

"인사는 내일 드리지요. 저는 밖에서 자겠습니다."

김춘추가 예의 바르게 말했다.

"밖은 추운데."

제인도 난처한 빛으로 망설이듯 말했다. 남편이 없는 집에 성인 남자를 재운다는 것은 그녀로서도 불편한 사실이었다.

"제가 마법사라는 것을 잊으셨습니까?"

김춘추는 그렇게 말하고는 가벼운 걸음으로 마당으로 향했다.

졸졸졸.

두 모자는 그런 김춘추를 따라다녔다.

마치 어린 병아리들이 어미 닭을 쫓듯이.

그들은 궁금했다. 마법사가 어떻게 마법을 시현하는지.

"흐음… 이쯤이 좋겠군."

김춘추는 마당 한편에 섰다.

그러고는 조그만 움막을 상상하면서 마법 주문을 외웠다.

3서클 마법 정도라면 마나가 충분히 지탱되는 곳에서는 자그만 움막 정도는 하룻밤 만에 만들어 낼 수가 있었다.

단, 정확한 디테일까지 그의 머릿속에 떠올려야 한다.

그러지 않고서는 실패할 확률이 높았다.

김춘추는 앤더슨의 집에서 본 침상에 놓인 천의 질감을 떠올렸다. 그리고 자신이 서 있는 곳을 중심으로 반경 1미터 넓이로 만들어진 움막을 상상했다.

"아브라카다브라……."

펑!

주문이 끝나자 그가 서 있던 곳에 움막이 만들어졌다.

그의 몸은 어느새 움막 안, 실내에 들어와 있었다.

"와아!"

움막 밖에서 앤더슨의 함성 소리가 들려왔다.

"아저씨, 저 들어가도 돼요?"

앤더슨이 활짝 열려 있는 움막의 입구에서 갈구하는 눈빛으로 물었다.

"어머니께 허락 받으렴."

김춘추가 제인을 바라보면서 말했다.

제인은 가만히 고개를 끄덕였다.

김춘추와 함께 있은 지 불과 몇 시간 되지 않았다.

하지만 그가 틀림없는 마법사라는 점과 내내 보여 준 예의 바른 태도… 남편이 집에 돌아오지 않는 것을 알고 밖에 나와서 자겠다고 먼저 말하는 점 등을 보아서 사람이 꽤 믿을 만하다고 결론을 내렸다.

그리고 이런 사람과 아들이 친해져서 조금이라도 마법에 흥미를 가지게 된다면 정말 좋겠다는 생각이 들었다.

제인은 자신의 아들 앤더슨이 아버지와 같은 말단 기사보다 마법사가 되기를 내심 희망하고 있었다.

하지만 워낙 아들이 아버지를 자랑스럽게 여기고 다녀서 그런 내색을 하지 않을 뿐이었다.

귀족가에서도 방계에 불과하니 작위가 없는 것은 물론이고 이 마을에서조차 귀족의 대우를 받지 못한다.

아니, 그것은 너무도 당연했다.

그나마 남편은 남작가의 기사로서 일을 할 수 있었다.

하지만 그 아들인 앤더슨에게는 오그니란 성이 주는 혜택은 전혀 없을 게 뻔했다.

'내 도움을 바라는군.'

김춘추는 제인의 얼굴을 물끄러미 보았다.

그녀의 태도와 말투, 그리고 좀 전에 들은 말들을 종합해 보면 그녀가 어떤 생각을 하는지 알 수가 있었다.

'공짜는 없는 법이니까.'

김춘추는 고개를 끄덕이고는 앤더슨을 움막 안으로 불러들여서 간단하게 보여 줄 수 있는 마법, 아이들이 환호성을 올릴 만한 것들을 시현해 주었다.

그렇게 판테온에서의 첫날밤은 지나갔다.

✦ ✦ ✦

다음 날 정오.

김춘추는 다린 베네사 남작과 마주하고 있었다.

오늘 오전 집으로 돌아온 앤더슨의 아버지, 크림슨 오그니는 그가 3서클의 마법사라는 것을 전해 듣자마자 함께 남작가에 데려갔다.

우타국 자체가 워낙 소국이다 보니 4, 5서클의 마법사가 궁정 마법사를 맡고 있었다. 그러니 3서클의 마법사 정도면 꽤 대우를 받을 수가 있었기 때문이다.

하지만 김춘추를 그에게 데려간 크림슨 오그니의 목적

은 다른 데 있었다. 어젯밤 방문한 남작가의 비밀 손님 때문이다.

"크림슨 경에게 들으니 마법사라고 들었소만 실례가 되지 않는다면 어느 가문의 마법사이신지?"

"지그에논 왕국의 게오르그 폰 홀슈타인입니다. 홀슈타인 자작가의 7남입니다."

김춘추는 앤더슨에게 한 것처럼 자신의 이름을 비밀로 붙인다는 등의 말을 할 수가 없었다.

그래서 생각해 낸 것이… 바로 리디아에게 들었던 적이 있는, 그녀의 소꿉친구 가문과 이름을 사용하기로 마음먹었다.

부부 사이가 너무 좋아서 아들만 해도 일곱 명이라는 홀슈타인 자작. 소국에다가 겨우 자작이라는 직위, 그리고 7번째 아들인 게오르그 정도의 신분이라면 최소한 다른 나라에서는 주목받지 못할 게 뻔했다.

다만, 황녀와 소꿉친구였다는 사실이 다소 마음에 걸리긴 했지만 무턱대고 아무 가문이나 갖다 쓰는 것보다는 낫다고 여겼다.

물론 신분을 평민으로 하는 방법도 있지만 그렇게 되면 귀족들에게 접근하기가 어려워진다.

일단은 급한 불부터 끄고 보는 게 나았다.

"지그에논 왕국분이셨군요."

베네사 남작은 덤덤한 어조로 말했다.

그럴 수밖에 없는 것이 우타국의 하급 귀족이 지그에논 왕국의 귀족가, 그것도 마찬가지로 하급 귀족가에 대해서 자세히 알 리는 없었다.

그 이유는 지그에논 왕국과 우타국은 크게 서로 왕래가 없었다. 그럴 수밖에 없는 것이, 우타국에서 지그에논 왕국으로 가기 위해서는 험준하기로 이름 높은 코러스 산이나 파이온 제국을 통해야 했다.

물론 대륙의 북쪽으로 빙 돌아가는 법도 있지만 작은 소국인 우타국에서 굳이 그런 방법을 동원해서 지그에논 왕국과 동맹을 맺을 필요가 없었다.

물론 지그에논 왕국 역시 마찬가지였다.

하지만 그의 눈빛이 다른 이유에서 찰나 반짝거렸다.

"공자께서 무슨 일로 우타국에서도 가장 변방에 위치한 제 영지까지 오셨습니까?

베네사 남작은 김춘추가 3서클의 마법사라는 것 때문인지 계속 존댓말을 사용했다.

그런 면만 봐도 이곳에서 마법사가 꽤 귀하다는 앤더슨과 제인의 말이 틀리지 않았다는 것을 알 수가 있었다.

그렇지 않고서야 우타국과 마찬가지로 한때 대륙을 호령했다고는 하지만 이제는 약소국으로 전락한 지그에논 왕국 자작가의 자식에게 계속 존댓말을 사용할 이유가 없었다.

"주신 주피터께서 안내하는 대로 발길을 옮기다 보니 여기까지 오게 되었습니다."

김춘추는 그렇게 말하고는 앤더슨 모자에게 한 것과 마찬가지로 두 손을 가슴에 대고 경건한 어조로 말했다.

"주신의 빛이 온 대륙에 비치기를 바랍니다."

베네사 남작도 밝은 미소를 띠면서 따라 말했다.

"주신의 빛이 온 대륙에 비치기를 바랍니다."

남작은 그리 말하고는 한층 밝아진 목소리로 물었다.

"주신 주피터를 모시고 계신 분이군요."

"그 정도는 아닙니다."

김춘추는 겸연쩍은 표정을 지으면서 손을 내저었다.

"하하하, 그래도 지그에논 왕국은 딱히 모시는 신이 없다고 들었는데, 주신의 기도문을 외울 수 있는 분을 만나서 기쁩니다."

"영광스럽게도 주신 주피터의 은총으로 마법의 성취를 보았습니다."

김춘추는 속으로 진땀을 빼면서도 겉으로는 그럴듯하게 대답했다.

"제 자식도 주신 주피터의 은총을 그리 받을 수만 있다면 얼마나 좋겠습니까?"

베네사 남작이 진심으로 부러운 듯한 눈초리로 말했다.

그는 속으로 주신 주피터를 국교로 정하고 있는 우타국

이 아닌 다른 나라 사람이 주신 주피터의 은총을 입은 것을 배 아파 했다.

 하지만 어쩌겠는가. 주신 주피터는 다른 신들과는 달리 판테온의 모든 사람들에게 너그러웠다.

 또한 그런 점 때문에 헬레니드 대륙의 많은 나라들이 주신 주피터교를 국교로 정하지 않더라도 암묵적으로 자국의 백성들이 자유롭게 믿는 것을 막지 않았다.

 한마디로 주신 주피터교는 대륙의 가장 많은 나라, 가장 많은 사람들이 믿는 그런 종교인 셈이었다.

 베네사 남작의 질문은 이것으로 끝나지 않았다.

 그는 자작가의 자식이 어떻게 3서클에 단숨에 오를 수 있었는지 등을 꼬치꼬치 캐물었다.

 그럴 수밖에 없는 것이, 주신 주피터의 은총으로만 마법의 성취를 볼 수 있다면 헬레니드 대륙엔 마법사 천지일 게다. 그런 까닭에 베네사 남작의 질문은 매우 날카로웠다.

 그는 취재하듯이 김춘추에게 이것저것 물었다.

 김춘추는 준비한 대답을 그럴싸하게 대꾸했다.

 결국 베네사 남작은 더 이상 질문거리를 찾지 못했다.

 "무엇 때문에 이리 질문을 하시는지 물어봐도 되겠습니까?"

 이번엔 김춘추가 베네사 남작의 눈을 똑바로 보면서 물었다.

뜻밖의 만남 • 57

베네사 남작은 순간 자신이 김춘추에게 큰 실례를 저질렀음을 깨달았다. 상대는 3서클의 마법사였다. 고작 자작가의 7남 따위가 아니었다.

"죄, 죄송합니다. 사실은……."

베네사 남작이 자신도 모르게 흘러내리는 진땀을 손수건으로 훔쳐 내면서 말했다.

"사실은?"

김춘추의 눈빛이 빛났다.

"경께서 이리 합류해 주시니 정말 든든합니다."

베네사 남작은 연신 육중한 체구를 한시도 가만있지 않고 움직여 대면서 말했다.

'흠, 이자가 감당하기 힘든 일을 떠맡은 게 분명해.'

김춘추는 베네사 남작의 모습을 보고 그렇게 판단했다.

게다가 남자의 손가락은 한시도 쉬지 않고 의자를 두드리고 있었다.

겉으로는 태연한 얼굴을 하고 있었지만 그의 몸은 전혀 다른 상황이라는 것을 알려 주고 있었다.

"집을 떠나온 지가 너무 오래돼서 이제 슬슬 가 보려고 하던 참이었으니 저로서도 이득이지요."

김춘추가 예의 바르게 대답했다.

"허허, 제가 운이 좋습니다."

베네사 남작은 고개를 끄덕이면서 말했다.

그렇다고 그가 완전히 김춘추에 대해서 의심을 푼 것은 아니었다. 하지만 대외적으로 트집 잡을 명분이 전혀 없었다.

"백작가의 영애께서 사정이 있어서 가시는 것이니 비밀 유지만 부탁드립니다."

베네사 남작은 연신 비 오듯 흐르는 땀을 닦아 내면서 말했다.

"걱정 마십시오. 저야 그곳에서 국경만 넘으면 그만입니다."

"그, 그렇지요."

베네사 남작이 웃으면서 대꾸했다.

그로서도 목적지까지 3서클의 마법사 한 사람이 추가된다면 큰 이득이었다. 게다가 상대가 목적지에 도달한 이후 자신의 나라로 넘어간다니 그 이후 여타 볼 일도 없는 사이였다.

'우타국의 백작가 딸이라.'

김춘추는 베네사 남작의 말을 다 믿지는 않았다.

필시 지난밤 방문했다던 비밀 손님일 텐데.

'사정이 있겠지.'

김춘추는 더 이상 베네사 남작의 일에 관심을 갖지 않기로 했다. 자신은 그들과 함께 코러스 산까지 가면 그만이었다.

 목적지까지만 호위해 주면 그 경비도 지불하고 숙박도 전부 책임진다니 그로서는 손해 볼 일이 전혀 없었다.

 벌컥.

 베네사 남작과 김춘추가 있는 곳, 접견실의 문이 갑자기 열렸다. 두 사람은 동시에 문 쪽으로 시선을 돌렸다.

 "한 사람이 추가된다면서요?"

 붉은 머리카락의 귀족 아가씨가 활달한 미소를 지면서 큰 소리로 말했다.

 "고… 공녀님!"

 베네사 남작이 당황하면서 소리쳤다.

 "저랑 같이 갈 사람이니 제가 면접을 봐야죠."

 붉은 머리카락의 귀족 아가씨는 그렇게 말하고는 김춘추에게 다가갔다.

 또각또각.

 그녀가 움직일 때마다 높은 하이힐이 바닥과 부딪쳐서 나는 소리가 울려 퍼졌다.

 꽤나 다리에 힘을 주고 걷는 모양이었다.

 "난 캘리 슈베트. 이름이 뭐지?"

 "게오르그 폰 홀슈타인이라고 합니다. 지그에논 왕국 출신입니다."

 "아, 지그에논. 리……."

캘리 공녀는 알은척을 하면서 또 무어라 말을 하려다가 황급히 입을 다물었다. 김춘추가 그것을 놓칠 리가 없었다.

'리……? 혹시 리디아를 언급하고 싶었던 것은 아닐까?'

"지그에논 왕국에 대해서 잘 아십니까?"

"명색이 백작가의 딸인데 대륙의 왕국들을 모르겠어?"

캘리 공녀는 턱을 치켜들고는 오만하게 말했다.

그녀의 옆에 베네사 남작은 연신 긴장된 모습을 보였다.

"죄송합니다. 저의 왕국에 대해서 잘 아신다고 해서 저도 모르게 반가운 마음에 여쭤 보았습니다."

김춘추는 부드럽고 예의 바른 태도로 물었다. 상대의 태도와 말투로 보아 프라이드가 매우 강해 보였기 때문이다.

게다가 단순히 변방 소국의 백작가 딸이라고 하기에는 그녀를 대하는 남작의 태도가 말이 되지 않았다. 차라리 우타국의 공주라고 했으면 그럴듯하게 넘어갔을지도 모른다.

'상관없는 일.'

김춘추는 콧대 높은 붉은 머리카락의 아가씨, 캘리 공녀를 지그시 바라보았다.

"그래, 집을 오래 떠나왔다고 들었으니 너의 방금 전 무례는 잊어 주지."

"감사합니다. 출발은 언제신지요?"

"내가 언제 널 고용한다고 했어?"

캘리 공녀가 딱 잘라 말했다.

"공녀님."

베네사 남작이 난처한 표정으로 캘리 공녀를 바라보았다.

"테토도르 왕의 풀네임이 뭐지?"

그렇게 질문하는 캘리 공녀의 한쪽 입꼬리가 올라섰다.

"테토도르 아이레네스 왈라키아 에피루스 데 팔라이고스 폐하이십니다. 황태자 저하의 존함은 콘스탄트 알바누스 데 팔라이고스며… 황녀의 존함은 리디아……."

"됐어. 거기까지!"

캘리 공녀가 손을 올려 김춘추를 저지했다.

"리디아 알바누스 데 팔라이고스입니다."

김춘추는 그녀의 말을 무시하고 리디아의 이름을 끝까지 말했다.

"흥, 지그에논 왕국 귀족 맞네. 지네들끼리는 황태자니 황녀니 한다면서."

캘리 공녀가 우습다는 듯이 말했다.

하지만 그것으로 김춘추에 대한 의심을 푸는 것 같았다.

"한때 제국이었습니다. 우타국의 백작가 영애께서 함부로 마주 대할 이름은 아니지요."

김춘추가 눈에 힘을 주어 캘리 공녀를 노려보았다. 마치 충신이 자신의 왕국에 대한 모욕을 당해서 몹시 기분 상해 있는 것처럼.

그 누가 보아도 그리 보였다.

'저 거만한 아가씨가 테토도르 왕의 풀네임을 물어보지 않았더라면 몰랐을 일.'

김춘추는 말은 그리하면서도 속으로는 캘리 공녀에게 몹시 고마워했다. 그가 가장 궁금하던 의문이 풀렸기 때문이다.

지그에논 왕국에 테토도르 왕이 생존한다는 사실이 김춘추로서는 몹시 기쁜 일이었다. 푸른 용의 도움을 얻지 못하게 된다고 해도 또 다른 방법을 찾은 셈이었다.

물론 왕이 쉽게 자신에게 황가의 비밀을 털어놓을 리는 없겠지만, 그 부분은 나중에 고민하기로 하고.

"좋아, 나쁘지 않군."

캘리 공녀는 김춘추가 노려보는 것이 되레 귀여운 듯 미소를 방긋 지었다.

좀 전에 보였던 오만함과는 완전 다른 태도였다.

"잘 부탁해, 마법사님."

캘리 공녀는 하얀 장갑을 낀 손을 내밀었다.

김춘추는 살짝 당황했다.

하지만 본능적으로 한쪽 무릎을 꿇고 그녀의 손을 잡아서 자신의 입술을 살짝 갖다 대었다. 그리고 조심스럽게 그녀의 손을 놓아주었다.

그 순간 그의 눈에 자신의 손가락에 낀 반지, 푸른 용 반지가 변해 있는 것이 보였다. 검과 지팡이가 반지 위에 새겨져

뜻밖의 만남 · 63

있었다. 한눈에 봐도 고급스러운 인장이었다.

"역시 홀슈타인 가문의 반지를 끼고 계셨군."

캘리 공녀가 빙그레 웃으면서 말했다. 어느새 그녀의 눈이 김춘추의 손가락에 낀 반지에 향해 있었다.

'이것 때문에 손을 내밀었군.'

김춘추는 속으로 안도의 한숨을 쉬었다.

푸른 용 반지가 통역에 이어 가문의 반지로까지 변신해 주는 것을 보니 아주 자신을 엿 먹이려는 의도는 아닌 듯 싶었다.

최소한 목숨 줄을 지켜 주겠다는 뜻으로 해석되었다.

그 덕에 김춘추는 한결 마음이 가벼워졌다.

그는 미소를 띠면서 캘리 공녀에게 말했다.

"모시는 동안 호위로서 목숨을 다해 지키겠습니다."

"호호호, 마음에 드네."

캘리 공녀는 김춘추에게 그리 말한 후에 베네사 남작에게 눈짓을 했다.

그제야 베네사 남작의 불안한 표정이 풀렸다.

"미안, 의심을 살 만했어."

캘리 공녀의 목소리가 한층 더 부드러워졌다.

하지만 여전히 반말을 쓰는 등 오만한 말투였다.

"저라도 이랬을 겁니다."

김춘추는 이해한다는 듯이 고개를 끄덕였다.

코러스 산을 비밀리에 가는 이들에게 갑자기 3서클의 마법사가 같은 목적이라고 나타났으니.

아무래도 의심을 살 수밖에 없었다.

"출발은 내일."

"준비하겠습니다."

김춘추가 고개를 숙이자 캘리 공녀는 한 번 더 김춘추의 얼굴을 바라보다가 이내 접견실을 나가 버렸다.

두 남자는 동시에 캘리 공녀의 뒷모습을 지켜보았다.

"워낙 집안에서 외동으로 자라서 다소 안하무인이기는 하지만 착한 아이니 이해해 주십시오."

베네사 남작이 말했다.

하지만 그도 캘리 공녀의 행동이 나쁘지 않았다고 여기는 듯했다.

"상관없습니다. 가는 동안 제가 준비할 것이 있는지 알려 주십시오."

"딱히 없을 걸세, 그곳까지 갈 동안의 식량 등은 전부 다 준비했으니. 게다가 3대의 상단 마차가 따라가니 물품들도 충분히 제공될 걸세."

"알겠습니다."

김춘추는 고개를 끄덕였다. 백작가 딸을 호위하는 데 3대의 상단 마차를 빼내어 쓴다는 정황만 보더라도 그녀의 신분에 여전히 의심이 남았지만.

◆ ◆ ◆

리가 상단의 깃발이 달린 3대의 마차는 베네사 남작가를 떠났다.

맨 앞의 마차에는 캘리 공녀와 베네사 남작, 그리고 또 다른 4서클의 마법사와 공녀의 유모가 타고 있었다.

그 뒤로 김춘추와 공녀의 하녀 2명과 남작의 행정관이 탔다.

세 번째 마차에는 생필품 등과 상단 마차로서 어울릴 만한 물건들이 잔뜩 쌓여 있었다.

물론 두 마법사의 아공간에도 일행들이 필요한 생필품 등으로 차 있었다.

마차 주위에는 10명의 기사들이 호위하고 있었다.

용병들은 우타국을 벗어나기 직전에 구할 작정이라고 전해 들었다.

어쨌거나 마차를 호위하는 기사들 중에 앤더슨의 아버지 크림슨이 보이는 것은 김춘추로서도 반가운 일이긴 했다.

그의 직분으로 보아서는 이 상단에 참여하는 것이 의외이기도 했지만 말이다.

김춘추는 크림슨을 눈여겨보았다. 평소 그의 임무가 영지를 돌아다니는 것이라 들었는데 비밀 임무에도 합류하는 것을 보니 처음 생각처럼 단순히 말단 기사만은 아닌 듯싶었다.

어차피 그로서는 상관없는 일이긴 했다.

판테온에 넘어와서 처음으로 그를 도와준 사람이니 그가 어떤 일을 하고는 중요치 않았다. 다만 그에게 무슨 일이 생기지 않기를 바랄 뿐이었다.

덜컹덜컹.

마차가 고르지 못한 길 위를 다니다 보니 자주 흔들렸다. 김춘추로서는 여간 곤욕이 아니었다. 이렇게 놔두다가는 엉덩이 살갗이 전부 벗겨질 것 같았다. 하녀들이 왜 캘리의 엉덩이에 두꺼운 방석을 깔아 주었는지 이해가 되었다.

'나도 하나 준비할걸.'

더구나 하녀들 역시 마차가 덜컹거릴 때마다 눈살을 찌푸려 댔다. 하녀들도 이렇게 장거리 여행을 다녀 본 적이 없는 듯싶었다.

하긴 공녀를 따라왔다면 이들은 며칠 쉬지도 못하고 또 장거리를 이동하는 것이니 마차 타는 데에 이골이 났다고 해도 여자의 몸으로는 한계가 있을 터였다.

'누이 좋고 매부 좋다는 말이 있지.'

김춘추는 곧바로 방석의 역할을 할 수 있는 마법 주문을 생각해 내고는 주문을 외우기 시작했다. 앤더슨의 마당에서 펼친 작은 움막을 응용하여 시현해도 충분한 듯싶었다.

"마법사님, 최대한 힘을 비축하십시오."

김춘추가 마법을 시현하는 주문을 외우자 바로 그의 앞에 앉아 있던 행정관 루돌프가 나지막한 어조로 말했다.

30대의 이 행정관은 베네사 남작보다 더 까다롭고 빈틈이 없어 보일 정도로 매사 완벽한 성격을 가지고 있었다.

"마나가 충분한 이상 하루 종일 마법을 써도 끄떡없습니다."

김춘추는 아무렇지 않게 그의 말을 받아쳤다.

"흠, 제가 알기로는 마법사들은 체력이 약하다는데."

"전 그런 비실이들과 달라서요."

김춘추가 일부러 오만한 어조로 말했다.

이곳의 마법사들은 마법에만 몰두하기 때문에 근본적으로 체력이 무척 약했다. 그럴 수밖에 없는 것이 3, 4서클에 오르기 위해서는 평생을 바칠 수밖에 없으니 대귀족 가문의 지원을 받아 평평 고급 포션을 마시고 20-30대에 3, 4서클에 올랐다고 해도 마찬가지였다.

마법만 파고들어도 시간이 모자랐기 때문이다.

그래서 마법과 검사… 즉 마검사는 거의 없다고 해도 과언이 아니었다. 마검사의 존재가 아주 없는 것은 아니지만 대부분 1서클 정도의 마법을 사용할 줄 아는 것이 전부였다.

게다가 마법사들은 마법사라는 직함에 굉장히 프라이드가 높아서 지나칠 정도로 오만하고 성격이 괴팍하다고 들었다.

  김춘추도 적당히, 자신에게 태클을 걸어오는 자들에게는 오만한 마법사의 모습을 보여 주기로 결정했다.

"자만이 지나치시군요."

루돌프가 금발을 흔들어 댔다.

김춘추는 그를 무시하고 마법 주문을 완성했다.

그들의 눈앞에 4개의 푹신한 방석처럼 생긴 것이 나타났다.

루돌프의 얼굴이 아연실색되었다. 그가 무엇 때문에 마법을 시현하려고 했는지는 몰랐기 때문이다.

다만 주변 정찰이라든지 그런 이유가 아니었을까 하고 생각했다.

하지만 주변 정찰도 굳이 지금 할 필요가 없었기 때문에 김춘추가 마법을 시현하는 것을 제지했던 것이다.

그런데 고작 방석 4개를 만들려고 마법을 쓰다니.

"뭐하시는 겁니까?"

"하나씩 엉덩이에 까십시오. 적어도 오늘 저녁 숙소에 도착하기 전까지는 편안하게 가실 수 있을 겁니다."

김춘추가 싱긋 웃으며 마법 방석을 엉덩이에 깔았다.

하녀들은 루돌프의 눈치를 살폈다.

덜컹덜컹.

그때 마차가 큰 웅덩이를 지나는지 매우 심하게 흔들렸다.

그러자 누구라고 할 것도 없이 다들 마법 방석을 엉덩이에 깔았다.

"흠흠, 이왕 만들어 주신 것이니 잘 쓰겠습니다."

루돌프가 헛기침을 하면서 자신의 엉덩이에 마법 방석을 갖다 대었다. 그러자 엉덩이 밑에서 폭신한 감촉이 전해져 왔다.

루돌프는 자신도 모르게 눈을 감았다. 그러다가 자신의 행동을 인지하고는 눈을 황급히 뜨고는 무안한 표정을 지었다.

"마법사님, 이거 정말 최고예요!"

"마법사님, 멋있어요!"

하녀들이 옆에서 종알거렸다.

"두 레이디께서 마음에 드신다니 영광입니다."

김춘추가 능글거리는 투로 말했다.

"어머!"

"아앗!"

두 하녀의 볼이 그 순간 새빨개졌다. 안 그래도 같은 마차를 타고 가는 젊은 마법사에 대해서 몹시 궁금했던 터였다. 물론 김춘추의 신변에 관한 것은 이들도 알고 있었다.

하지만 직접 보니 그녀들의 마음이 무척 설레었다.

이국적인 외모였지만 자신의 나라에서 손꼽히는 미남들보다 더 멋져 보였다. 거기다 이렇게 자상한 성격이라니.

'이것들이 아주 빠졌군.'

루돌프는 하녀들의 태도에 자신도 모르게 입맛이 썼다.

"방석을 주신 감사 의미로 한 가지 말씀드리죠. 요 며칠은 마법사님이 마법을 쓸 특별한 일이 없을 겁니다. 그러니 이런 방석에 체력을 낭비하는 것에 대해서는 눈감아 드리죠. 마차가 군트람 왕국에 다다르면 그때부터 최대한 체력을 비축하셔야 합니다. 이미 아시겠지만, 다만… 마법사분들은 판테온 정세에 둔하신 분들이 많아서 노파심에 한 말씀 드리겠습니다. 저희 우타국은 파이온 제국과 사이가 좋지 않습니다. 루머스 제국을 지지하는 까닭이지요. 그러니 파이온 제국의 인접 국가들도 루머스 제국의 인접 국가들과 사이가 좋지 않습니다. 그러니 언제 무슨 일이 생길지 모릅니다. 이 점 명심해 주시기 바랍니다."

루돌프의 말이 끝나자 마차 안은 한순간에 정적이 찾아왔다. 김춘추가 딱히 그의 말에 반박을 하지 않았기 때문이다.

무슨 생각에서인지 그는 루돌프의 얼굴을 빤히 쳐다보았다.

"저한테 뭐가 묻었습니까?"

루돌프가 살짝 짜증 내면서 말했다.

마법사들이란. 기껏 성의를 보여서 알려 줘도 이렇다니깐.

고맙다는 말은 못할지언정 저 오만한 눈빛과 태도라니.

그런데 김춘추의 입에서 엉뚱한 소리가 터져 나왔다.
"금발이 정말 눈부신데요?"
"네엣?"
루돌프가 황당하다는 듯이 눈을 동그랗게 떴다.
김춘추는 손으로 마차에 달린 창문을 가리켰다.
찬란한 햇빛이 창문을 통해 스며들어 루돌프의 금발 머리 위를 비추었다. 그 덕에 황금색의 머리카락이 햇빛을 받아 더욱 찬란하게 넘실거렸다.
"마법으로 만든 머리 색깔이네요."
김춘추가 웃으면서 말했다.
그 바람에 루돌프와 두 하녀의 얼굴이 새파랗게 질려 갔다.

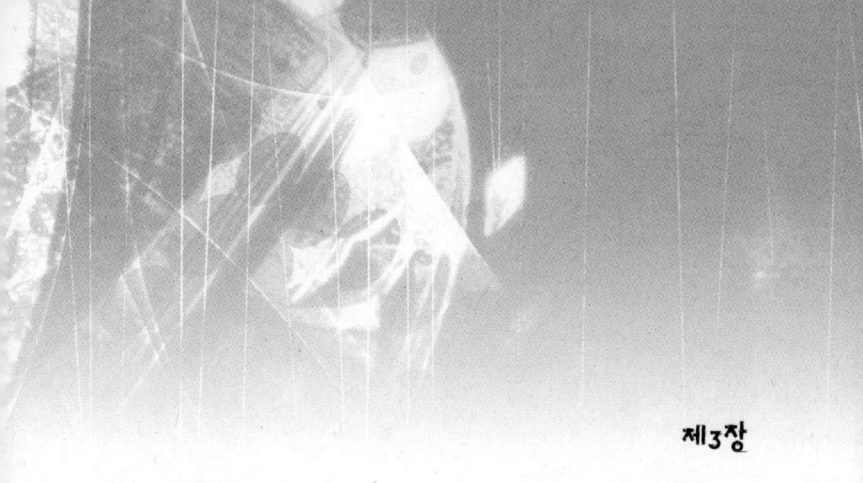

제3장

상단의 비밀 (1)

"어, 어떻게 안 겁니까?"

루돌프가 자신도 모르게 소리를 질렀다.

"햇빛 탓인지 그냥 보이는데요."

김춘추가 별거 아니란 식으로 말했다.

루돌프의 머리카락은 마법으로 만든 금발이었다.

하지만 햇빛 아래서 보니 김춘추는 머리카락에서 붉은 기운이 일렁이는 것이 보였다.

'말도 안 돼!'

루돌프는 자신도 모르게 입 밖으로 말을 낼 뻔했다.

그의 머리 색깔은 바꾼 마법사는 6서클의 마법사였다.

그러니 고작 3서클, 그것도 비기닝이라고 짐작되는 마법사가 상위의 마법을 알아챌 리가 없다.

'우연인가?'

루돌프는 일단 침착하게 대응하기로 했다. 그의 말대로 정말 햇빛 탓일 수 있었다.

태양은 위대하니까.

레오폴트 님이 실수할 리는 없지만 자연이 보여 주는 위대함은 당해 내기 어렵다는 그분의 말씀도 있고 하니… 루돌프는 그리 생각하기로 했다.

지금 그의 눈앞에 있는 마법사 나이는 고작 스물.

그가 신분을 속여 제국의 황자라고 쳐도, 고급 포션을 아무리 마시고 마법에만 몰두했다고 해도 6서클에 도달하기는 사실상 불가능했다.

제국의 황자, 황녀, 대귀족 공자, 공녀들 중 마법에 자질이 보이면 곧바로 제국에서는 마법을 가르치는 데 엄청난 투자를 했다.

하지만 그런 그들도 개중 '마법 천재'라고 하는 자들만이 간신히 스물이란 나이에 4서클에 도달한다.

그리고 그들 중 한두 명이 마흔이란 나이쯤 5서클에 도달하고 60-70대에 6서클에 도달했다.

그런 까닭에 6서클만 성취되어도 대마법사로서 제국에서 아주 큰 대접을 받았다.

현존하는 7서클의 위대한 대마법사는 판테온을 통틀어

서 딱 한 명뿐이었지만 그의 얼굴도 이름도 알려져 있지 않았다.

7서클에 오르자 대륙 사람들의 눈을 피해서 잠적했다고 전해지고 있었다.

그것도 이미 50여 년 전 일이니 그가 살아 있을지 죽어 있을지는 아무도 모르는 일이었다.

'침착하자.'

루돌프는 속으로 다짐했다.

여기서 이상한 반응을 보이면 오히려 어색했다.

하지만 그는 생각처럼 침착하게 있을 수가 없었다. 김춘추가 계속해서 질문을 했기 때문이다.

"캘리 공녀랑 머리카락 색깔이 같네요?"

"아, 그게……."

루돌프는 순간 당황했다.

정곡을 찔렸기 때문이다.

"친척인가? 슈베트 백작가에는 자식이 공녀 하나뿐이라던데."

김춘추가 일부러 갸우뚱거렸다.

그때까지 새파랗게 질린 표정으로 앉아 있던 하녀들 중 한 명이 그사이 침착함을 찾았는지 옆에서 입을 열었다.

"캘리 공녀님께서 워낙 자신의 붉은 머리카락을 자랑스러워하세요. 그래서 행정관이신 루돌프 님이 같은 머리 색깔을 가지신 것을 싫어하셨습니다."

"저런, 공녀가 꽤나 무례하군. 타고난 머리 색깔을 어쩌라고."

김춘추가 하녀의 말에 재빨리 응수했다. 졸지에 캘리 공녀는 이 자리에 없으면서도 성격 더러운 여자로 찍힌 셈이었다.

"배, 백작가에서 월급을 받아먹으려면 이렇게라도 해야지 어쩌겠습니까."

루돌프가 하녀의 말에 속으로 안도하면서 겉으로는 한숨을 일부러 내쉬면서 말했다.

"백작가에서 월급을 받는다고요? 베네사 남작의 행정관이라고 들었는데."

김춘추가 머리를 갸우뚱하면서 말했다.

'아차.'

루돌프는 자신의 입으로 실수를 저지른 것을 깨달았다.

하녀들이 루돌프의 얼굴을 조심스럽게 쳐다보았다.

그녀들로서도 더는 어떻게 변명할 수가 없는 상황이었다.

"뭐, 사정이 있는가 보군요. 제가 간섭할 일이 아니니 더는 안 묻겠습니다."

김춘추가 오히려 먼저 루돌프에게 말했다.

"고, 고맙습니다."

"사람마다 다 사정이 있는 법 아닙니까? 저는 그만 숙소 도착할 때까지 눈 좀 붙이겠습니다."

김춘추는 그렇게 말하고는 팔짱을 끼고 눈을 감은 채 잠을 청했다. 마차 안은 그 바람에 더욱 고요해졌다.

왁자지껄.
밖이 무척 소란스러워졌다. 김춘추는 그 바람에 잠에서 깨어났다.
"안 그래도 깨우려고 했는데."
하녀들 중 얼굴에 주근깨가 있는 여자애가 우물쭈물 말을 건넸다.
"감사합니다."
김춘추는 싱긋 웃어 주면서 물었다.
"레이디 성함은?"
"저는 하나고 이쪽은 두리라고 해요."
자신을 하나라고 소개한 하녀가 싱글벙글거리면서 자신뿐만 아니라 마주 보고 있는 하녀의 이름까지 말했다.
"마법사님, 잘 부탁드려요."
두리라고 소개받은 하녀도 정중한 어조로 인사를 건네왔다. 예의범절이나 몸에 배인 태도 등을 보면 적어도 귀족가의 자제들이었다. 아무리 봐도 이들은 최소 귀족 자제들이었다.

그런데 하급 귀족이라고 해도 고작 백작가에 하녀로 들어

갈 리가 없었다. 이름 역시 급조한 티가 역력했다.

일부러 하녀 이름다운 것을 골랐다는 느낌을 지울 수가 없었다. 게다가 집중해서 이들을 살펴보니 이들의 가슴에 마나 서클이 있는 것이 보였다. 하나라고 이름 붙인 하녀는 한 개, 두리라고 이름 붙인 하녀는 두 개의 서클을 가지고 있었다.

'좀 지어도 그럴듯하게 짓지.'

김춘추는 어이없어 웃을 뻔했다.

하지만 김춘추 그 자신이 모르는 것이 있었다.

그녀들이 1, 2서클의 마법사인 것은 사실이지만 그녀들의 마법 서클이 외부에 노출되지 않게 하기 위해서 6서클의 마법사 레오폴트가 특별히 주문을 걸어 놓았다.

그러므로 최소 6서클 마스터는 되어야 그녀들이 마법사라는 것을 알아볼 수가 있었다.

그녀들 스스로 마법사임을 밝히지 않는다면 알아낼 수 있는 방법이 전혀 없었다.

만약 김춘추가 이 사실을 그녀들에게 물었더라면 그는 좀 더 자신에 대해서 알 기회가 있었을 것이다.

하지만 그는 이 상단에 참여하면서 쓸데없는 간섭은 하지 않기로 마음먹었던 터라 특별히 말하지 않았다.

리가 상단 자체가 전부 미스터리였고, 그 미스터리 중심에는 캘리 공녀가 있었다.

벌컥.

마차 문이 열리자마자 하나와 두리가 재빠르게 내렸다. 그러고는 앞 마차 쪽으로 향했다.

"공녀님, 몸은 좀 어떠세요?"

"어떻긴, 방석 좀 더 구해 와야겠어."

캘리 공녀가 명랑한 어조로 말했다.

분명 투덜거림이기는 하지만 하녀들을 질책하는 것은 아니었다.

"마을에서 좀 더 구할게요."

하나가 재빠르게 대답하면서 마차에서 내리는 캘리 공녀의 손을 잡아 주었다. 보통 이런 경우 남자 귀족이 예를 갖춰 손을 내밀어 주는 건데 어떤 이유에서인지 베네사 남작은 공녀의 손을 잡지 않았다.

극히 조심하는 분위기랄까?

"너네들은 더 힘들었겠네."

캘리 공녀가 아려 오는 엉덩이의 통증에 눈살을 찌푸리면서 말했다.

"……."

"……."

그녀의 말에 두 하녀는 꿀 먹은 벙어리처럼 입을 다물고는 서로의 눈치를 보았다. 캘리 공녀의 옆에 4서클의 마법사가 서 있었기 때문이다.

김춘추보다 한 서클 높은 마법사가 탄 마차에서 켈리 공녀가 고생을 했는데 자기들이 탄 마차에서는 마법사가 마법을 부려서 편안하게 올 수 있었다고 어떻게 그런 말을 할 수가 있겠는가.

캘리 공녀는 하녀들의 침묵을 다르게 받아들였다.

그녀들의 고통을 이해한다는 듯이.

캘리 공녀는 밝은 목소리로 말했다.

"상회에 가서 좀 더 푹신하고 좋은 방석을 몇 개 더 사자."

그녀는 그렇게 말하고는 하녀들을 이끌고 마차가 정차한 마을의 상회를 찾아 나섰다.

일은 순조롭게 진행되는 듯싶었다.

이들이 도착한 마을은 우타국의 카스티야 백작령에 소속되어 있는 리히트 마을로서 제법 큰 규모의 마을이었다.

이 마을을 넘어서 몇 개의 작은 마을을 지나고 나면 사이가 좋지 않은 군트람 왕국의 국경이 나온다.

물론 우타국에서 반드시 군트람 왕국을 거쳐서 가야 하는 것은 아니었다. 우타국이나 군트람 왕국이나 셔먼 산맥의 줄기 아래 있기 때문에 군트람 왕국을 피해 셔먼 산맥을 따라 이동하는 방법이 있긴 했다.

하지만 그러기 위해서는 큰 모험이 필요했다. 셔먼 산맥, 그것도 군트람 왕국 쪽의 산에는 붉은 용 아그레스의 둥지가 있었기 때문이다. 어찌나 욕심 많고 성질 나쁜지, 아그레스는 인근의 산 이름도 자신의 이름으로 뜯어고쳤다.

리가 상단 역시 그런 이유로 우타국의 국경을 넘어 군트람 왕국을 지나기로 결정한 것이었다.

"더 필요한 것은 없는지 한 번 더 점검하고 충분히 채워 놓으십시오."

베네사 남작의 공식적인 행정관인 루돌프가 김춘추에게 그렇게 말하고는 재빨리 마차에서 내렸다.

뻘쭘한 상황이기는 하지만 그로서는 마차를 타고 오는 내내 김춘추의 마법 덕분에 엉덩이가 편안함을 누렸다.

그러니 그에 대해서 호의적인 쪽으로 어느새 변해 있었다.

김춘추는 마차에서 내려 주변을 둘러보았다.

이곳을 떠나 조금 더 가면 군트람 왕국이고, 그곳을 벗어나면 코러스 산이란다. 코러스 산에 도착하면 김춘추는 리가 상단과는 작별을 한다.

그다지 힘들지 않은 여행이었다. 코러스 산만 넘으면 곧 지그에논 왕국이 나오니. 거기에서 테토도르 황제에게 어떻게 접근할지는 가면서 더 고민해 봐야 할 일이긴 했다.

'쩝, 뭔 수가 나겠지.'

김춘추는 걱정을 밀어 두었다.

이렇게 걱정해 봐야 이곳에서 득이 되지 않기 때문이다.

그것보다 판테온에 관한 정보를 더 모으는 편이 낫다.

일단 루돌프 반응이 좋아 보이니 리가 상단의 비밀에 대해서는 패스하고, 이런저런 일상적인 대화를 심도 있게 나눠 봐야겠다고 생각했다.

"여행은 괜찮으셨습니까?"

베네사 남작이 알브레히트라는 4서클의 마법사를 대동하고 말을 걸어왔다.

"간만에 마차를 타서 즐거웠습니다."

김춘추가 그렇게 말하자 베네사 남작이 고개를 끄덕였다.

확실히 그가 보기에도 김춘추는 마차를 처음 탄 사람 같지가 않았다. 그렇다는 것은 귀족 출신이 맞다는 것을 뜻한다.

게다가 그의 손은 무술 훈련으로 인해 거칠어져 있지 않았다. 전형적인 마법사라는 뜻이었다.

대귀족이 아니니 고급 포션은 마시지 못했겠지만 중급 포션 정도는 마셨을 테고, 코러스 산에는 운 좋게 살아남았겠지.

코러스 산, 아니 코러스 산 초입 부분 어디에 들어가서 마법 수련을 했겠지. 그것도 그 혼자 들어가지는 않았을 게다. 몇몇 기사나 용병이 있었겠지. 코러스 산은 초입이라고 해도 여타 산보다는 험준하니까.

다 죽고 혼자만 살아남은 것이 부끄러워 내색을 하지 않고 있을 거라고 베네사 남작은 판단했다.

그렇지 않고서야 스무 살의 청년이 무작정 코러스 산에 들어가 3년 수련한다고 3서클 마법사가 되어 있을 수는 없으니깐.

베네사 남작은 김춘추의 단정하고 예의 바른 태도와, 궂은일이나 검을 전혀 다뤄 보지 않았을 것 같은 손을 보고 그렇게 판단했다.

"상회는 저쪽 길을 따라가면 있으니 필요한 게 있으시면 지금 준비하십시오."

베네사 남작은 그렇게 말하고는 기사 한 명을 불렀다.

"마법사님을 호위하고 함께 가도록."

"그렇게 하실 필요가."

김춘추가 손을 내저었지만 베네사 남작은 으레 귀족끼리 하는 체면 인사로 받아들였다.

"우리 상단에 마법사님은 귀한 인재입니다. 마법사님에게 무슨 일이라도 생기면 상단 운영 자체에 큰일이 생기니 제 성의를 받아 주십시오."

"그렇게 말씀하시니 알겠습니다."

김춘추는 마지못해 고개를 끄덕이고는 베네사 남작이 붙여 준 기사와 함께 상회를 찾아 그 자리를 떠났다.

김춘추가 가는 모습을 4서클의 마법사, 알브레히트는 한참이나 바라보았다.

"마법사님, 어떻습니까?"

"확실히 흑마법의 흔적은 없습니다. 출발 전에도 확인했지만 이동 중에도 전혀 변함이 없습니다. 최소한 흑마법사는 아닌 것 같으니 안심하십시오."

알브레히트가 단정적으로 말했다.

베네사 남작은 그런 알브레히트가 답답해서 한마디 하려다가 입을 다물었다. 흑마법사라고 애초에 의심이 갔다면 처음부터 마차에 태웠겠는가. 확실히 마법사들은 답답한 인간들이었다. 게다가 나이 60에 4서클 마법사이다 보니 더 답답한 것은 사실이었다.

베네사 남작은 김춘추의 신분에 대해서 의심하지 않고 있었다. 그가 손가락에 낀 가문의 상징인 반지 때문이다.

물론 몇 가지 테스트에서도 완벽했고.

하지만 조심해야 했다.

코러스 산에서 정작 홀슈타인 가문의 공자는 비명횡사를 했고 다른 누군가가 그를 대신해서 행세할 수가 있었으니깐.

그리고 그 누군가는 우연히 자신들에게 접근하지 않았을 게다.

베네사 남작이 그럼에도 불구하고 김춘추를 일행에 끼워 준 것은 여러 가지 이유에서였다. 만약 그가 첩자라면 그를 감시함으로써 자신들을 밀행하는 상대가 누군지 알아낼 수 있었다.

그리고 그가 첩자가 아니고 정말 우연히 자신의 영지에 흘러 들어오게 된 것이라면 주신 주피터가 은혜를 베풀어 이번 비밀 임무에 마법사 한 명을 더 추가로 주신 것이라고 생각했다.

어느 쪽이든 베네사 남작으로서는 나쁘지 않았다.

다만 김춘추의 일거수일투족을 계속 감시해야 하겠지만.

"여차하면 저런 갓 비기닝 3서클의 마법사 따위는 제가 충분히 제압할 수 있습니다."

깡마른 몸에 신경질적인 외모를 가진 알브레히트가 신경질적으로 말했다.

"암요! 믿습니다, 마법사님."

베네사 남작은 비굴하게 웃으면서 알브레히트에게 말했다.

그가 그럴 수밖에 없는 것이, 이 4서클의 마법사는 우타국이 속국처럼 있는 루머스 제국의 리스트란 공작이 직접 붙여 준 사람이었기 때문이다.

이 상단의 비밀 임무는 리스트란 공작이 내렸다. 그런 만큼 공작이 직접 붙여 준 4서클의 마법사이니 그를 신뢰할 수밖에 없었다. 남작의 말에 알브레히트의 얼굴에는 만족스런 빛이 떠올랐다.

'히히, 네놈은 가까이 있는 적은 모르는군.'

알브레히트는 일부러 거만한 미소를 지으면서 자신도 상회에 구입해야 할 것이 몇 가지 있다고 말하면서 그 자리를 떴다.

✦ ✦ ✦

딸랑딸랑.
상회의 방울이 울렸다.
김춘추가 딸려 온 기사와 함께 상회에 들어섰다.
그는 곧 인상을 찌푸렸다.
상회 안쪽에서 익숙한 목소리가 들려왔기 때문이다.
"이거 말고 다른 건 없어요?"
캘리 공녀였다.
그녀의 뒤로 하나와 두리가 보였다.
그녀들을 호위하는 기사 두 명의 무표정한 표정까지 덤으로 들어왔다.
김춘추는 뒷걸음쳐서 그 자리를 벗어나려고 했지만 이미 캘리 공녀의 눈에 그가 들어왔다.
"어머! 마법사, 이리로 와 봐. 나 혼자 선택하기가 너무 고민스럽네."
캘리 공녀가 명랑한 말투로 그를 불렀다.
김춘추는 어쩔 수 없이 공녀가 있는 안쪽으로 걸었다. 그리고 캘리 공녀의 손가락이 가리키는 쪽으로 시선을 돌렸다.

방석이었다.

그런데 두 방석의 차이를 모르겠다. 둘 다 푹신해 보인다. 그러면 된 거 아닐까?

"둘 다 마음에 드는데."

"둘 다 사시면 되죠."

김춘추가 명쾌하게 말했다.

"아……."

캘리 공녀가 애매한 미소를 지었다.

그녀의 뒤로 하나와 두리가 단호하게 고개를 젓고 있었다.

"그렇게 해서 벌써 사 둔 게 저만큼이라구요!"

하나가 볼멘 목소리로 김춘추를 힐난하듯이 말했다.

김춘추는 하나의 말에 시선을 돌려 한 무더기의 물건들을 바라보았다.

저걸 다 가져간다고?

김춘추는 혀를 내둘렀다.

여자들의 쇼핑에 괜히 깊이 관여하는 것이 아니다. 리디아와 이예화의 쇼핑이 어떠했는지 김한기에게 들어서 잘 알고 있지 않은가.

"제 아공간을 좀 더 빌려 드리겠습니다."

김춘추가 정중하게 말했다.

"어머, 그래 줄래?"

캘리 공녀의 목소리가 한층 밝아졌다.

그사이 상회의 주인은 잽싸게 캘리 공녀가 고민하던 방석들을 이미 쇼핑한 한 무더기 짐 위로 올려놓았다.

"너 꽤 다정하구나?"

캘리 공녀가 환하게 웃으면서 말했다.

하나와 두리 역시 고개를 끄덕였다.

캘리 공녀의 짐은 공식적으론 마차에 실리지만 예비 물품은 그녀들의 아공간에 넣어 두기 때문이다.

비록 1, 2서클의 마법사지만 레오폴트 마법사가 특별히 아공간을 충분히 넓혀 주었기 때문에 캘리 공녀의 짐들을 어느 정도는 넣을 수가 있었기 때문이다.

하지만 이렇게 마구잡이로 쇼핑하는 것을 감당할 수는 없었다.

그런데 김춘추가 아공간을 빌려 준다니. 그녀들로서도 반대할 이유가 없었다.

'정말 다정하신 분이야.'

하나와 두리의 눈빛이 초롱초롱 반짝였다.

비록 지금은 위장하고 있지만 루머스 제국, 백작가의 여식들인 그녀들은 마음만 먹으면 지그에논 왕국의 자작의 자식과 결혼하는 것은 어렵지가 않았다.

다만 가문에서 허락할지가 문제였지만, 그것도 김춘추가 3서클의 마법사이니 스물 살에 3서클이면 자신들의 가문에서 충분히 투자하면 그의 장래는 더욱 밝으리라.

하나와 두리는 제 각각 마음속에서 김춘추를 어느새 정인으로 찍고 있었다.

그런 그녀들의 속내를 김춘추는 알 길이 없었으니.

딸랑딸랑.

일행은 일제히 방울 소리가 나는 문 쪽으로 시선을 모았다.

알브레히트였다.

늙은 마법사가 나타난 것을 보고 캘리 공녀는 인상을 살짝 찌푸렸지만 이내 표정 관리를 했다.

"마법사님도 필요하신 게 있나요?"

"공녀님, 여기 계셨군요. 오랜만에 여행에 나서서 그런지 다른 마을들 상회에 어떤 진귀한 물건들이 있는지 궁금해서 들어와 봤습니다."

알브레히트는 그답지 않게 길게 변명거리를 늘어놓았다.

'뭔 속셈이지?'

김춘추는 이 늙은 마법사가 일부러 이곳을 찾아왔다는 인상을 지울 수가 없었다.

"마법사님도 필요하신 게 있으면 어서 구입하세요."

캘리 공녀는 김춘추에게 그렇게 말하고는 상회 주인에게

오만한 어조로 말했다.

"이분들의 것도 전부 계산하죠."

"공녀님, 정말 감사합니다. 이렇게 공녀님뿐만 아니라 마법사님 두 분까지 뵙게 되어 제가 다 영광입니다. 마법사님들이 좋아하실 만한 물건들을 더 내오겠습니다."

상회 주인은 그렇게 말하고는 창고가 연결된 문 쪽으로 향했다.

그때였다.

슈웅.

화살 하나가 날아와 상회 주인의 심장을 관통했다.

컥!

상회 주인은 외마디 비명을 지르고는 그 자리에 쓰러졌다.

기사들이 재빨리 화살이 날아온 쪽으로 움직였다.

"자네는 공녀님을 지키도록."

알브레히트가 침착한 어조로 김춘추에게 명령을 내렸다. 그러고는 기사들의 뒤에서 마법 주문을 외웠다.

김춘추도 재빨리 공녀과 하녀들 옆으로 다가가 실드를 쳤다.

그 순간 천장 쪽에서 10명의 검은색 두건과 옷으로 정체를 감춘 자들이 검을 휘두르면서 바닥에 착지했다.

"네놈들은 누구야!"

캘리 공녀를 호위하던 기사가 큰 소리를 치면서 이들에게 달려들었다.

크크크크크.

그들은 그저 음산하게 웃을 뿐이었다.

김춘추는 그 광경이 몹시 이상했다.

'설마 말로만 듣던 스켈레톤?'

그의 머릿속에서 마법에 대한 지식들이 스쳐 지나갔다.

죽은 자들, 스켈레톤을 무기로 활용할 수 있는 방법은 흑마법에 속했다.

'저자만 스켈레톤이 아니다.'

김춘추는 스켈레톤에 이어 나중에 착지한 사내를 바라보았다.

이들을 조종하고 있는 자는 저 사내가 분명했다.

기사 한 명당 상대하는 스켈레톤이 셋이 넘었다.

그렇다 보니 자연스럽게 기사들이 밀리기 시작했다.

그나마 그들이 오래 버틸 수 있는 이유는 알브레히트가 그들의 신체 강화를 마법으로 일시적으로 강화시켜 주었기 때문이다. 그리고 간간이 그들이 위험할 때마다 마법 화살을 날리기도 했다.

'위험해!'

김춘추는 자신과 함께 왔던 기사가 스켈레톤 셋이 휘두르는 검에 점점 뒤로 밀리고 있는 것을 보자 그대로 있을 수가 없었다.

먼저 여자들을 둘러싸고 있는 실드를 한층 더 강화시키고 나서 그는 자신의 신체에 강화 마법을 걸었다.

그의 신체는 지구 기준으로는 초인에 근접했다.

오랜 세월 동안 차분히 다진 내공과 함께 최근 들어 중동 지방을 다니다 보니 필요성이 더해져 무술 훈련에 열중했기 때문이다.

그리고 한동안 밤마다 시바 여왕의 훈련에 괴롭힘을 당했으니, 그가 원하건 원치 않건 간에 김춘추의 무술 실력은 상당했다. 거기에 신체 강화 마법까지 더했으니.

김춘추는 자신들의 뒤쪽에 진열되어 있는 상회에서 파는 검 중 아무거나 하나 골라 들었다.

그러고는 스켈레톤들을 향해서 검을 휘둘렀다.

'마법사가 검을?'

그 광경을 본 캘리 공녀의 눈이 휘둥그레졌다.

하나와 두리 역시 마찬가지였다.

마법사는 검을 못 쓴다는 공식이 깨진 셈이었다.

마검사란 존재는 있으나 3서클의 마검사가 있다는 말은 판테온에서도 전무후무하기 때문이다.

김춘추는 그녀들의 시선에는 아랑곳하지 않고 스켈레톤의 머리를 집요하게 노렸다.

쉬익.

덜컹.

단순한 기사가 아닌 마법으로 강화된 신체로 휘두르니 스켈레톤의 머리통이 맥없이 나가떨어졌다.

김춘추는 그 자리에서 스켈레톤 셋을 해치웠다.

"고, 고맙습니다."

스켈레톤에게 포위되었던, 김춘추를 감시하기 위해 그를 따라왔던 기사가 경애의 눈빛을 띠면서 말했다.

"잠시."

김춘추는 기사의 말을 채 듣기도 전에 그의 검을 마법으로 강화시켜 주었다.

"스켈레톤의 머리통만 노리세요."

김춘추는 그렇게 말하고는 스켈레톤에게 포위된 또 다른 기사들에게로 움직였다.

그 와중에 그는 스켈레톤의 뒤에 서서 이들의 움직임을 감시하고 있는 사내에게서 눈을 떼지 않았다.

그자가 중얼거리고 있는 것이 흑마법 주문이 분명했다.

사내는 스켈레톤 셋이 김춘추에게 한순간에 당하자 당황하지 않고 또다시 주문을 외웠다.

곧이어 천장에서 스켈레톤 열이 더 나타났다.

모두가 아연실색이 되었다.

"당황하지 마십시오."

김춘추는 기사들에게 그리 말하고는 그들의 검에 마법 강화를 해 주었다.

"마법사님, 계속해서 검에 마력을 강화시켜 주십시오."

김춘추는 알브레히트에게 그리 말하고는 흑마법사에게 시선을 돌렸다.

뭔가 맞지 않다. 하지만 깊이 생각할 겨를이 없었다. 흑마법사가 공녀를 노려보고 있었기 때문이다.

확실히 공녀가 타깃이다.

"무엇 때문에 공녀를 노리는 거지?"

김춘추는 일부러 흑마법사에게 말을 걸었다.

"흐흐흐, 공녀? 공녀라고? 크하하하!"

흑마법사가 비꼬는 듯한 웃음을 터트렸다.

"……."

"네놈은 속아서 상단에 들어갔군. 마마가 제법이란 말이야."

흑마법사는 김춘추의 얼굴을 보고 그렇게 말하더니 캘리 공녀를 향해서 시선을 돌렸다.

애초에 김춘추 따위는 자신의 상대가 안 된다는 듯이 말이다.

"마마, 그만 제국으로 돌아가시지."

"무엄하다. 누가 보낸 겐가!"

캘리 공녀가 흑마법사에게 소리를 높였다.

"난 누구에게도 속해 있지 않거든? 그냥 어리석은 마마

하나가 날뛰는 게 보이기에 재밌어서 왔어. 사실 네년을 제국으로 보낼 생각도 없지만, 너같이 예쁜 년은 한번 내가 안아 주는 게 도리라고 생각하거든."

흑마법사는 누런 이를 내보이면서 말했다.

캘리 공녀는 그 말에 사색이 되었다.

어느 여자든 저런 말을 들으면 당연한 반응이었다.

"감히 마마께 그런 소리를 하다니!"

알브레히트가 격앙된 목소리로 외쳤다.

"그럼 나를 이겨 보시든지."

흑마법사가 곧바로 주문을 외우자 검은 회오리바람이 그의 손에서 몰려나오기 시작했다.

알브레히트 역시 바로 마법 주문을 외웠다.

그의 손에서도 하얀 회오리바람이 몰려나오기 시작했다.

콰콰쾅쾅!

두 회오리바람은 이내 상회 한가운데서 마주쳐 커다란 굉음을 내었다.

'곧 기사들과 오늘 고용한 용병들이 몰려올 텐데.'

김춘추는 흑마법사의 행동이 묘하게 보였다.

일부러 그는 상회 밖의 사람들을 불러 모으는 마법을 사용하고 있었다.

게다가…

흑마법사가 몹시 힘에 부친다는 식의 제스처를 취했다.

물론 스켈레톤을 스물이나 조종하고 있고 4서클의 알브레히트를 상대하니 당연하긴 하지만 뭔가 이상했다.

 '나 때문에 열을 더 불러서 그런가?'

 김춘추는 모든 상황을 떠올렸다.

 하지만 역시 이상했다. 남이 보기에는 흑마법사의 태도가 당연해 보일 수 있다.

 "어디서 온 놈인가!"

 알브레히트가 흑마법사에게 고함을 쳤다.

 "으으으, 이것으로 네놈이 이겼다고 생각지 마라."

 흑마법사는 알브레히트가 말하는 동안 재빨리 마법을 거두고는 천장을 향해 뛰었다. 그와 동시에 천장에서는 동그란 원형의 공간이 열렸다.

 퍼퍼펑!

 우지지지기.

 순간 알브레히트가 만들어 낸 하얀 회오리바람은 상대를 잃고 한쪽 벽면을 그대로 박살 냈다.

 갸악!

 여자들이 비명을 지르고 기사들이 당황하는 사이에 스켈레톤마저도 전부 사라졌다.

 이어서 상회 입구에서는 기사들과 용병들이 달려왔다.

 "무슨 일입니까?"

 "흑마법사가 나타났소."

알브레히트가 말했다.

"천장으로 사라졌습니다."

기사 한 명이 재빠르게 말했다.

그들은 캘리 공녀의 신분을 아는지라 상회에 나타난 용병들을 보고는 스켈레톤이 함께 나타났다는 말을 하지 않았다.

"공녀님, 괜찮으십니까?"

베네사 남작이 헐레벌떡 뛰어 들어와 공녀에게 말했다.

"저는 괜찮아요. 그런데 게오르그 마법사가 그들을 쫓아갔어요!"

"네?"

베네사 남작은 공녀의 말에 놀라면서 알브레히트를 바라보았다.

"상대 흑마법사는 나에게 힘에 밀려서 도망쳤소. 그 젊은 마법사가 괜한 패기를 부리는군."

알브레히트는 몹시 불쾌한 기색으로 자신의 업적을 자랑하는 것을 잊지 않고 말했다.

하지만 그의 속마음은 편치 않았다.

괜히 흑마법사를 쫓아가서 자신의 정체라도 들키는 날에는 큰일이었다. 게다가 자신들을 공격해 왔던 흑마법사도 마음에 들지 않았다. 분명 스켈레톤 열로 공격을 하다가 적당히 물러서기로 했는데 스물이나 불러들였다. 또 마마를 안아 준다니 뭐니 하는 말을 지껄였다.

'흑마법사 따위랑 거래하는 게 아닌데.'

알브레히트는 속으로 뜨끔한 채 뒷짐을 지었다.

그리고 그는 다 된 밥에 재를 뿌린 젊은 마법사를 원망했다.

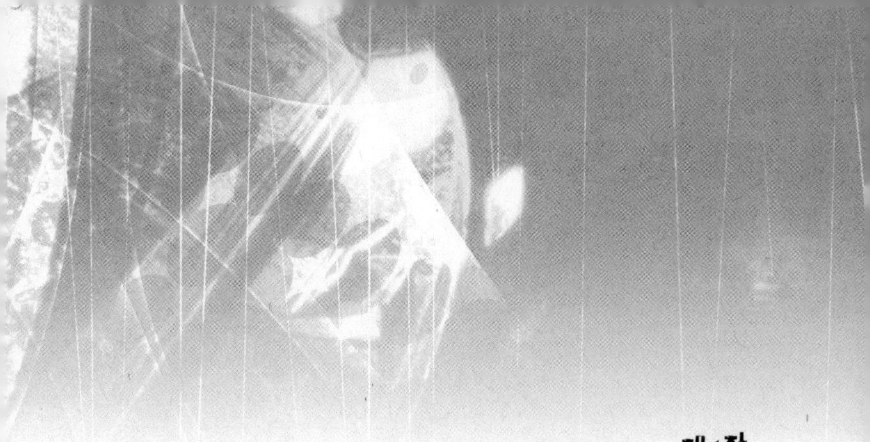

제4장

상단의 비밀 (2)

 김춘추는 자신도 모르게 흑마법사가 만든 이동 마법진을 타고 그를 따라왔다.
 '제길.'
 그는 자신의 손가락에 끼어 있는 반지를 원망했다.
 사실 그가 원해서 흑마법사를 쫓아온 것은 아니었다.
 애초에 이들 상단에 그는 눈곱만큼도 관심이 없었다.
 이미 캘리 공녀의 신분이나 하녀들의 신분이 남다를 것이란 짐작을 하고 있던 터였다. 마마라고 부르는 걸 보니 일국의 왕비나 공주인 듯싶다.
 하지만 딱 거기까지였다.
 그런데 흑마법사가 이동 마법진을 천장에 열자 반지가

빛났다. 동시에 김춘추도 이동 마법진에 이끌려 이곳으로 끌려왔다.

다행이라면 흑마법사가 눈치채지 못했다는 점이었다. 확실히 용의 마법은 일개 인간들의 마법과는 차원이 달랐다.

자신의 마법진에 다른 마법사가 타고 있는데도 전혀 모르다니… 좀 웃긴 상황이긴 했다.

'나보고 어쩌라고.'

김춘추는 반지를 흘겨보고는 조심스럽게 흑마법사가 들어간 저택을 바라보았다.

이걸 어쩐다지.

이대로 돌아갈 수는 없었다. 그가 돌아가고자 해도 반지가 허락할 것 같지 않았다. 게다가 더 웃긴 것은 이곳이 어디인지 전혀 모른다는 것이다.

'이 일을 나보고 해결하란 건가?'

김춘추는 이내 마음을 정했다.

반지가 무슨 작정으로 자신을 사지로 내모는지는 모르지만 이것도 시험일 게다. 시바 여왕은 김춘추에게 자신의 직분을 넘겨주려고 하지 않았는가.

그로서는 탐탁지 않은 일이었다.

"블라인드."

김춘추는 자신의 모습을 마법으로 은폐하고는 저택으로 향했다.

생각보다 저택은 매우 넓었다.

'무슨 마법사가 이리 돈이 많아.'

김춘추는 저택의 입구에서부터 점점 초호화판의 장식물들을 보면서 혀를 내둘렀다. 필시 욕심 많은 마법사일 게다.

더구나 저택 내부에는 더 기가 막힌 일이 벌어졌다. 저택에서 일하는 하인이나 하녀들이 전부 전라라는 점이다.

그들은 부끄러운 표정도 없이 청소를 한다든지 음식을 나르고 있었다.

"빨리빨리! 더 빨리 움직여서 나리께 갖다드려."

전라의 시종장이 하녀들을 채근했다.

하녀들은 별다른 반응을 보이지 않고 더욱 빨리 몸을 놀렸다.

'맙소사, 표정이 없어.'

김춘추는 시종장이나 하녀들에게서 느끼는 이질감을 곧 깨달았다. 모두가 흑마법에 중독되어 있었다. 그런 이유로 이들에게서 어떤 감정조차 느낄 수가 없었다.

김춘추는 음식을 나르는 하녀들의 뒤를 몰래 쫓아갔다. 필시 흑마법사가 있는 곳이리라.

흑마법사의 좌우에는 하녀 둘이 서 있었다.

둘 다 다른 하녀들보다는 몹시 아름다웠다.

흑마법사는 음식을 들고 나타난 하녀들을 음흉하게 쳐다

보고는 한 손으로 포크를 들어 음식을 찍고 한 손으로는 하녀들의 젖꼭지나 그곳을 탐하고 있었다.

저절로 눈살이 찌푸려지는 광경이었다.

김춘추는 고민할 것도 없이 흑마법사를 향해서 마법을 시현했다. 실버 트랩 마법으로 나타난 은색의 올가미는 흑마법사를 꼼짝달싹 못하게 묶어 놨다.

흑마법사는 무방비한 상태로 꼼짝없이 김춘추에게 당했다.

"누구야!"

그는 자신의 저택에서 어이없는 공격을 받은 것이 기가 막힌지 소리 지르면서 발악했다.

"그새 내 얼굴 잊었어?"

김춘추가 자신의 모습을 드러냈다.

"애… 애송이가!"

흑마법사는 그렇게 말하다가 입을 다물었다.

그가 자신의 저택까지 침입할 수 있었다는 것은 적어도 그 자신보다 마법이 우위라는 것이다.

그런데 아무리 봐도 이상했다. 이미 알브레히트에게서 김춘추가 3서클의 마법사라는 것을 전달 받았다. 그러므로 4서클의 그 자신이 김춘추의 등장을 모를 수가 없었다.

그런데 어떻게 자신 모르게 자신의 저택에 들어올 수가 있지?

'알브레히트 놈이 배신했군.'

흑마법사는 그렇게 단정을 내렸다.

김춘추는 올가미에 갇힌 흑마법사를 내려다보면서 잠시 인상을 찌푸렸다. 잡아 놓고 보니 이자를 옮기는 것도 일이었다.

여기가 어딘 줄 알고?

심문해서 얻는다고 해도 흑마법사가 순순히 이동 마법진을 열겠는가. 여러모로 말이 안 되는 모순이 펼쳐진다.

게다가 반지는 꼼짝도 않고 있었다.

'혹시 이 저택에 뭐가 있는 거 아닐까?'

그런 생각에 미친 김춘추는 흑마법사뿐만 아니라 그곳에 있던 시종장과 하인, 하녀들을 전부 한방에 모아서 가두었다.

그리고 나서 그는 저택 내부를 천천히 둘러보았다.

끼릭끼릭.

역시 그의 발길이 자신의 의지와 상관없이 움직여 댔다.

그가 도착한 곳은 3층이었다.

그것도 아주 외진 곳의 창고 같은 방이었다.

흑마법사조차 이곳을 방문한 지 꽤 되는 듯해 보였다. 문지방에서부터 먼지가 수두룩했다. 그리고 방 안에는 갖가지, 힌눈에 딱 보기에도 쓸모없어 보이는 물건들이 쌓여 있었다.

우당당탕탕.

김춘추는 손이 이끄는 대로 물건들을 전부 뒤지기 시작했다. 그 바람에 그는 꽤 많은 먼지를 마셔야 했다.

하지만 묵묵히 물건들을 뒤졌다. 이곳에서 벗어나려면 도리가 없었다.

'도대체 뭘 찾으라는 거지?'

꽤 시간이 흘렀다.

하지만 여전히 김춘추는 방 안의 물건들을 뒤지고 있었다.

이제 남은 물건은 상자 두 개.

그는 그중 큰 상자를 열어 보았다.

그 안에서 금색의 펜던트가 나왔다.

휘익.

꽤 비싸 보였지만 손은 가차 없이 그 물건을 뒤로 던져 버렸다.

이제 남은 것은 작은 상자 하나.

김춘추는 작은 상자를 열려고 손을 갖다 대었다.

그런데 상자가 열리지 않는다.

'이게 뭐지?'

하지만 그의 손가락, 반지에서 미세한 진동이 일어나고 있었다.

그러자 상자 속에서도 미세한 진동이 일어났다.

김춘추는 반지를 재빨리 손가락에서 빼내었다.

쑤욱.

평소라면 절대로 빠져나오지 않을 반지가 너무도 쉽게 손가락에서 빠졌다.

확실히 이상하다.

그는 더 생각하고 말고도 없이 반지를 상자에 갖다 대었다.

그러자 상자가 천천히 열렸다.

김춘추는 상자 속을 바라보았다. 그 안에는 김춘추의 손에 들린 반지와 똑같은 또 하나의 반지가 들어 있었다.

우우우우웅.

우우우우웅.

반지끼리 공명했다.

오랜만에 친구를 만나서 행복하다는 느낌으로 김춘추에게 전해져 왔다.

김춘추는 지체하지 않고 작은 상자 속의 반지를 자신의 다른 손가락에 끼었다.

그러자 또 다른 반지는 김춘추의 오른손에서 빛나기 시작하더니 그의 손가락에 딱 맞게 사이즈를 맞추었다.

'이제 됐군.'

김춘추는 고개를 끄덕였다.

그냥 알 수가 있었다.

반지의 생각을.

아마도 또 하나의 반지를 얻음으로써 생겨난 대화 통신 같은 것이리라.

그 전까지는 반지와는 아무런 소통을 할 수가 없었는데 정말이지 모처럼 득템한 셈이었다.

반지를 잘만 구슬리면 굳이 테토도르 왕을 설득하지 않고도 지구로 돌아갈 수 있으리라.

김춘추의 얼굴에 희색이 만면했다. 그러자 푸른 용의 반지가 웅웅대더니 그의 앞에 이동 마법진이 펼쳐졌다.

'잠시, 흑마법사는 데려가고.'

김춘추는 반지의 마법을 잠시 저지했다.

파파파팟.

하지만 이동 마법진은 곧 김춘추를 삼키었다.

'제길!'

뚝.

뚝.

김춘추가 천장에서 떨어졌다.

이어서 올가미에 갇힌 흑마법사가 떨어졌다.

그제야 김춘추는 반지가 제대로 일을 했음을 알고 미소를 지었다.

그가 흑마법사를 데려오려고 한 데는 이유가 있었다.

자신이 자의든 타의든 흑마법사를 쫓아갔으니.

남아 있는 사람들은 자신이 흑마법사랑 한패라고 오해할 수가 있었다. 적어도 코러스 산에 도착하기 전까지는 이들의 오해를 사고 싶지 않았다.

상회 안에는 기사 몇 명과 알브레히트, 그리고 루돌프가 있었다.

"이놈!"

김춘추와 흑마법사를 보자 제일 먼저 알브레히트가 사색이 되어서 먼저 선수를 쳐 왔다.

툭, 툭.

김춘추는 일부러 온몸의 먼지를 터는 척했다.

그러자 알브레히트는 기회를 놓치지 않고 흑마법사를 향해서 강한 공격 마법을 날렸다. 그가 입을 열 기회를 주지 않을 작정이었다.

하지만 알브레히트보다 김춘추의 마법 시현이 더 빨랐다.

흑마법사 주변에 실드가 펼쳐졌다.

물론 3서클의 마법이니 알브레히트의 공격 마법에 오래 버틸 수는 없었다. 하지만 딱 이 정도의 시간만 있으면 된다.

"진정하십시오, 알브레히트 님. 이자의 뒤를 캐내야 하지 않겠습니까?"

김춘추가 능글거리면서 말했다.

그러자 옆에 있던 루돌프가 맞장구를 쳤다.

"알브레히트 님, 게오르그 님의 말씀이 맞습니다. 그만 화를 푸시고 저자를 베네사 남작님께 데려갑시다."

"으음."

알브레히트는 루돌프의 말에 더는 아무런 말도 못하고 공격 마법을 거두었다.

하지만 그의 눈빛은 불안감에 일렁였다. 알브레히트는 재빨리 방법을 바꾸어 흑마법사에게 텔레파시를 걸었다.

-고작 3서클 마법사 놈에게 당한다는 말인가?

-그러는 네놈은 나한테 사기를 쳤어. 저놈이 3서클이라고? 크크크크.

-3서클 맞다. 네놈의 눈에도 보이지 않느냐, 저놈의 가슴에는 서클이 3개밖에 없다.

-그래서 내가 3서클이 펼친 올가미를 풀지 못해서 이렇게 포박되어 있다고?

흑마법사가 알브레히트에게 따지듯이 텔레파시를 했다.

-네놈이 날 사지에 몰았어!

-아서, 흥분은 금물이다. 내가 잘못 알았다면 더 자세히 조사해 보마.

알브레히트는 흑마법사를 달래기에 바빴다.

-날 빨리 풀어 주기나 해, 멍청이.

흑마법사는 알브레히트를 노려보았다.

-지금은 곤란하다. 밤에 때를 봐서 놓아주겠다. 그때까지 함부로 입을 놀리지 마라.

-내가 어린앤가? 흥, 내가 나가면 네놈의 과실을 반드시 보고할 테다.

-알겠다. 하지만 지금은 절대로 입을 열어서는 안 된다.

알브레히트는 침착하게 흑마법사에게 텔레파시 하고는 짐짓 아무것도 아닌 척하면서 기사들의 뒤를 따라 나가는 김춘추의 뒷모습을 물끄러미 바라보았다.

흑마법사도 말했지만… 4서클의 흑마법사는 5서클의 백마법사보다는 약하지만 적어도 4서클의 백마법사보다는 강하다.

그런데 고작 3서클 비기닝 마법사가 시현한 올가미에서 빠져나오지 못했다. 아니, 애초에 그가 잡힌 것조차 의문이었다.

이동 마법진이야 쫓아가는 것쯤은 어렵지 않았다. 흑마법사가 이미 펼쳐 놓았으니. 하지만 그런 경우, 흑마법사가 자신의 마법진에 탄 그를 못 알아챌 리도 없거니와 그대로 내버려 둘 리도 없었다.

'저놈의 정체를 밝혀야 해.'

알브레히트의 등줄기에 소름이 솟아올랐다.

그날 밤, 김춘추도 오늘 일어난 일에 대해서 찬찬히 생각해 보았다. 아무래도 앞뒤 맞지 않는 일이 있었기 때문이다.

스켈레톤 스물을 조종하는 흑마법사라면 응당 자신보다 강한 마법사임에는 틀림없었다.

처음이라 그 당시에는 몰랐지만 생각해 보니 자신이 펼친 마법에 흑마법사가 그대로 걸려들었다는 것은 말이 되지 않았다.

물론 처음에는 올가미에 갇히겠지만 흑마법사가 바로 파훼 마법을 시현해 버리면 3서클의 마법 따위는 쉽게 풀린다. 그 정도의 상식은 김춘추에게도 있었다.

그는 자신의 가슴에 있는 서클 수를 다시 세어 봤다. 아쉽게도 분명 3개의 서클밖에는 없었다. 그는 되는 대로 리디아에게 들었던 4서클의 마법 주문을 외워 보았다.

"레인보우 패턴!"

김춘추가 4서클의 주문을 외우자 무지개 같은 것이 허공에 희미하게 발현하는 듯하더니 이내 사라졌다.

'쩝.'

김춘추는 허공에서 희미하게 빛나던 무지개 모양의 문양이 허무하게 끝나는 것을 보고 진심으로 아쉬워했다.

'안 되는 건가?'

김춘추는 포기하지 않고 알고 있는 4서클의 마법 주문을 자신의 방 안에서 할 수 있는 것들을 골라서 전부 시현해 보았다.

펑. 펑.

그때마다 족족 실패했다.

그는 분명 3서클의 마법사임에는 분명했다.

'그런데 그 흑마법사가 왜 내가 만든 올가미를 풀지 못했지?'

김춘추는 고개를 갸우뚱거렸다.

그때 그의 눈에 반지가 들어왔다.

그 순간 반지의 생각이 머릿속에 들어왔다.

'그러니깐 내가 펼치는 3서클의 마법이라도 그 마법을 펼칠 수 있는 시간 내에는 6서클의 마법사라도 깨지 못한다는 거야?'

김춘추의 얼굴에서 미소가 피어올랐다.

제법 괜찮다.

반지의 힘이 그의 마법을 뒷받침해 주고 있었다.

이곳에서 죽지 않게는 해 준다는 말이 딱 맞았다.

'그럼 7서클은?'

김춘추가 반지를 보면서 되물었다.

그러나 아무런 느낌이 들어오지 않았다.

'그냥 죽으라는 거구나.'

입맛이 썼다.

하지만 이내 마음을 고쳐먹었다. 어차피 판테온에도 7서클의 마법사는 딱 한 명뿐이라고 했다. 그것도 죽었는지 살

앉는지도 모르는.

'지구로 지금 당장 보내 줘.'

김춘추는 내친김에 반지에게 요구했다.

그러자 코러스 산이란 단어가 그의 머릿속에 떠올랐다.

결국 어쨌든 간에 코러스 산까지는 가야 한다는 의미였다.

'거기엔 또 뭐가 있지?'

김춘추가 고개를 갸웃거렸다.

묵묵부답.

'그럴 줄 알았다.'

김춘추는 자리에서 일어났다.

지금쯤이면 일이 벌어지기 딱 좋은 시간대였다.

마냥 어린애처럼 반지에게 졸라 봐야 더는 소득이 없을 게 뻔했으니.

아까운 쇼를 놓치면 곤란이었다.

어느새 보름달이 하늘 위에 떠올라 있었다.

✥ ✥ ✥

알브레히트는 흑마법사가 잡혀 있는 상회의 창고에 몰래 들어왔다. 창고 밖에는 기사 두 명과 용병 열 명이 지키고 있었고 창고 안에도 기사와 용병들이 지키고 있었다.

그로서는 다행히도 흑마법사가 베네사 남작의 심문에 입을 열지 않았다.

알브레히트는 창고 안의 기사와 용병들에게 슬리피 마법을 걸었다. 곧 그들은 바닥에 널브러진 채 잠들었다.

"빨리 풀어 줘."

"잠시 참아라."

"답답해 미치겠다."

"그렇게 스켈레톤을 마구 소환하니까 마력이 떨어지지."

알브레히트는 흑마법사를 힐난했다.

"제길, 내가 능력도 안 되는데 소환했다는 말인가! 그러는 네놈은 나에게 젊은 새끼에 대해서 역정보를 주지 않았는가!"

흑마법사가 순간 분노해서 소리쳤다.

"알겠다. 일단은 참아라."

알브레히트는 더 뭐라고 대꾸하고 싶었지만 이렇게 마냥 흑마법사와 수다를 떨 시간은 없었다.

더구나 그의 입장에서는 아무리 생각해 보아도 흑마법사가 김춘추에게 잡혀 온 것이 순전히 스켈레톤을 능력 밖으로 너무 많이 소환하는 바람에 마력이 떨어져서 당한 것으로 결론을 내릴 수밖에 없었다.

김춘추에 대해서는 그 자신이 충분히 관찰하지 않았던가.

게다가 흑마법사들은 자신들의 능력을 너무 과신하고 일

을 벌이는 안하무인에다가 괴팍한 작자들이 아닌가.

물론 흑마법사는 억울한 상황이었다.

알브레히트는 흑마법사를 달래는 척하면서 공격 마법의 주문을 외우기 시작했다.

"개새끼!"

흑마법사가 알브레히트가 외우는 주문을 보곤 그의 목적을 깨닫고는 소리 질렀다. 하지만 그의 몸은 올가미에 걸려 있어서 움직여지지 않았다. 아니, 파훼 주문조차 할 수가 없었다.

진작 가능했다면 벌써 도망쳤으리라.

알브레히트는 비릿한 미소를 지었다.

"흐흐흐, 날 원망하지 마라. 네놈이 실패했을 때는 없애라는 조직의 지시가 있었다."

"으으으, 이럴 수는 없……!"

흑마법사가 비명을 질렀다. 알브레히트가 만들어 낸 마법 검이 그의 심장을 향해 똑바로 날아오고 있었기 때문이다.

그때였다.

챙!

또 하나의 검이 허공에서 튀어나오더니 알브레히트가 만든 마법 검을 쳐 내었다.

"아, 아니!"

알브레히트의 눈이 커져만 갔다.

김춘추였다.

"이럴 줄 알았지."

"처, 처음부터 알고 있었나?"

알브레히트가 당황해서 말했다.

"네놈의 태도가 영 석연치 않았거든."

김춘추가 비꼬듯이 말했다.

"흥, 네놈의 그 의심이 목숨을 일찍 앗아 간 줄 알아라."

알브레히트는 그리 말하고는 다시 주문을 외우려고 했다.

"과연 그럴까?"

김춘추가 느긋한 태도로 말했다.

벌컥.

창고의 문이 갑자기 열렸다.

베네사 남작, 루돌프 행정관 등의 얼굴이 보였다.

그 뒤로 이곳에서 만나기로 한 S급 용병 셋이 뒤따라 서 있었다.

"역시!"

베네사 남작이 알브레히트의 모습을 보고는 신음을 흘렸다.

김춘추의 말에 반신반의했는데 사실이었다.

그들은 문밖에서 알브레히트와 흑마법사 간의 대화를 똑똑히 들었기 때문이다.

"뭐하느냐, 저 마법사 놈을 포박해라."

그러자 기사들 중 크림슨이 재빨리 뛰쳐나왔다.

그의 손에는 하녀들 중 한 명이 자신들의 아공간을 열어 꺼내 준 아티팩트, 6서클의 마법사가 만든 올가미가 들려 있었다.

알브레히트는 그만 두 눈을 질끈 감았다.

자신이 여기서 도망칠 방법은 전혀 없었다.

이런 한정된 공간에서, 4서클의 마법사가 S급 용병들 셋을 상대로 도망칠 수가 있겠는가. 비록 자신보다 한 서클 낮다고는 하지만 3서클의 마법사까지 눈앞에 서 있기도 했고.

이렇게 된 이상 반항하는 것보다는 나중에 베네사 남작과 협상을 하는 것이 더 현명했다.

"크크크크, 네놈도 내 짝이 되었군."

흑마법사가 음산한 미소를 지으면서 알브레히트를 바라보았다. 알브레히트는 그의 말에 아무런 대꾸도 하지 않았다.

그사이 크림슨은 재빠른 솜씨로 두 마법사를 단단히 묶었다. 김춘추가 흑마법사도 다시 묶어야 한다고 알려 주었기 때문이다.

그는 자신의 마법으로 만든 올가미의 마력이 거의 떨어지고 있다는 것을 알고 있었다.

흑마법사는 파훼할 수 없지만 마법 자체의 마력은 3서

클의 한계를 가지고 있는 것을 반지 덕분에 알고 있었다.

"정말 고맙습니다."

베네사 남작이 연신 김춘추에게 말했다.

"아닙니다. 이제 어쩌시렵니까?"

김춘추가 담담한 어조로 말했다.

공녀든 마마든 계속 그녀를 호위해서 코러스 산에 가겠냐는 질문이었다.

"어쩝니까… 공녀께서 가자시는데 가야지요."

베네사 남작의 얼굴이 일그러졌다.

그의 마음 같아서는 당장 이 모험을 중단하고 싶었다.

사실 공녀의 말이 아니더라도 쉽게 이 모험을 중단하기는 어려우니라.

"제 목숨 값이 뛰었으니 골드를 더 주셔야겠습니다."

김춘추가 손을 벌려 왔다.

베네사 남작은 갑작스런 김춘추의 요구에 입을 딱 벌렸다. 이런 자리에서 협상을 해 올 줄 누가 알았겠는가.

"어, 얼마나 더?"

"50골드!"

"헛."

베네사 남작의 입이 쩌억 벌어졌다.

그도 그럴 수밖에 없는 것이, 보통 S급의 용병은 이런 중요한 임무에 5골드를 받는다.

1골드는 10실버이고 1실버는 10코인이다.

4인 보통 가족이 하루 1코인, 한 달이면 3실버가 드니 굉장히 큰 액수였다. 아무리 제국의 공작가가 뒤에 있다고 해도 그 돈은 무리였다.

겨우 3서클의 마법사를 데려가려고 50골드를 지불하느니 여기서 S급 용병 10명을 더 고용하는 것이 나았다.

하지만 알브레히트가 첩자라는 것을 김춘추가 알려 주지 않았는가. 그가 없었다면 지금은 무사해도 나중엔 알브레히트 손에 어떤 농간이 펼쳐졌을지 아무도 모를 일이었다.

"마법사님, 20골드로는 어떻게 안 되겠습니까?"

베네사 남작이 나지막하게 말했다.

"45골드. 이하로는 안 됩니다."

김춘추가 머리를 저었다.

"30골드. 저도 그 이상은 어렵습니다. 가지고 있는 골드의 전부입니다."

베네사 남작이 난처하다는 듯이 말했다.

"그렇다면 나머지 15골드는 지금 당장 달라고 하지 않겠습니다. 코러스 산에 도착하기 전까지 주십시오. 그때까지 골드가 남작님께 도착해 있겠죠."

"그, 그렇긴 합니다."

베네사 남작이 어쩔 수 없이 그의 말에 수긍했다.

그에게 돈을 대주는 존재에 대해서 이미 김춘추도 눈치챈 것 같다. 여기서 더 입씨름을 해 봐야 용병들의 눈치만 더 보게 될 뿐이었다. 그가 이 자리에서 협상을 하는 것도 그와 같은 이유에서일 거고.

"결론 났군요. 30골드, 그리고 나머지 15골드는 돈이 도착하는 대로."

김춘추가 싱글벙글 웃으면서 말했다.

"알겠습니다."

그렇게 대답한 베네사 남작은 곧 바로 자신이 그의 흥정에 놀아난 것을 깨달았다.

명색이 상재에서 명성을 날리고 있는 그가 겨우 젊은 마법사 따위에 놀아나다니.

"30골드 주십시오."

김춘추가 손을 내밀자 베내사 남작은 품에서 30골드를 꺼내어 넘겨주었다.

"잘 쓰겠습니다. 그러면 저는 이만 피곤해서."

김춘추는 그렇게 말하면서 창고를 황급히 떠났다.

그 자리에 남겨진 베네사 남작과 루돌프는 서로의 얼굴을 바라보았다.

"젊은 마법사가 돈을 꽤 밝히네요."

루돌프가 어색한 침묵을 깨고 한마디 했다.

"크흠, 자네는 통신구를 열어 공작가에 전언을 남기도록."

베네사 남작은 그렇게 말하고는 뒷짐을 진 채로 그 자리를 떠났다.

 용병들과 기사들을 지휘하는 것은 루돌프의 몫이었다.

 사실 베네사 남작처럼 루돌프도 남작이었지만 여기서는 그의 행정관으로 분해 있는 터라 아무 소리도 못하고 사건 현장을 수습하느라 밤새 분주하게 움직여야 했다.

◈ ◈ ◈

쾅!
리스트란 공작이 주먹을 탁자에 내리쳤다.
방금 들은 비보 때문이다.
"누가 감히 우리 레이나를 노린단 말인가!"
 공작은 화가 나서 자신의 앞에 서 있는 행정관들과 기사단장들을 노려보았다.
"뭘 그렇게 서 있어! 당장 알브레히트를 추천한 놈을 잡아와!"
 공작의 말에 화이트 기사단장이 재빨리 자리를 박차고 떠났다.
"네놈마저 내가 할 일을 일러 주랴?"
 공작은 블랙 기사단장을 째려보았다.
"아, 아닙니다. 곧바로 정예 기사들을 따라 보내겠습니다."
"지금 당장 가! 그따위 멍청한 소리 지껄이지 말고!"

리스트란 공작이 고함을 질렀다.

블랙 기사단장은 얼굴을 붉히면서 재빨리 화이트 기사단장이 그랬던 것처럼 접견실을 빠져나갔다.

"멍청한 것들."

리스트란 공작은 속이 쓰렸다.

철저하게 준비한 계획이 이렇게 쉽게 노출되다니.

다른 공작들의 첩보원들이 자신의 집에 속속들이 있는 모양이었다.

얼마 전에 집안의 첩자들을 쥐 잡은 듯이 잡아내지 않았던가. 물론 몇몇의 첩자들은 알면서도 눈감아 주었다. 역정보를 흘리기 위해서였다.

그렇게 정성을 들여 이번 계획을 완성했다.

그런데 이 사건으로 그의 계획이 불완전하다는 것을 알려 왔다.

무슨 수를 써서라도 레이나를 코러스 산, 7서클의 마법사를 만나게 해야 한다.

물론 레이나는 7서클의 마법사를 만나면, 황제가 자신을 보면 사랑에 빠지는 마법 주문을 배워 오는 것으로 알고 있었다.

황실에는 6서클의 마법 주문이 전체적으로 걸려 있어서 6서클과 같거나 아래의 주문으로는 황제를 유혹하는 마법을 펼치기 어려웠다.

하지만 리스트란 공작의 생각은 다른 데 있었다.

그동안 7서클의 마법사가 어디에 있는지 판테온 전역을 쑤셔 댄 결과, 그가 코러스 산에 은둔해 있음을 알게 되었다.

7서클의 마법사를 손에만 넣을 수 있다면.

선선선대 황제의 동생인 그가 제국을 손에 넣는 것은 어렵지가 않았다.

어찌 보면 황좌는 원래 그의 것이었다.

다만 제1황비였던 어머니가 아들을 낳지 못하고 있는 동안 제2황비였던 그년이 아들을 낳고, 그의 어머니는 제2황비로 신분이 추락되었다.

그리고 2년 후에 리스트란이 태어났다.

원래대로라면 리스트란의 생명마저 위험했다. 하지만 제2황비로 전락한 그의 어머니를 선선선대 황제가 몹시 사랑했다.

그의 어머니가 폐위하지 않고 제2황비로 자리바꿈한 것만 봐도 황비를 얼마나 사랑했는지 알 수가 있었다.

다만 리스트란의 존재가 황실에는 커다란 짐으로 다가왔다. 그렇다고 황제가 사랑하는 제2황비의 자식을 죽일 수도 없었다.

그래서 생각해 낸 것이 바로 7서클 위대한 대마법사의 마법으로 그에게 각인의 주문을 걸어 놓은 것이었다.

그가 황위를 위협하는 행동을 하면 곧바로 리스트란은 죽음으로 내몰린다.

그것은 리스트란에게 커다란 치욕이자 저주의 각인이었다. 그는 황실에 충성을 하는 모습을 보였다.

길고 긴 세월 동안.

하지만 그와 동시에 아무도 모르게 자신에게 주문을 건 7서클의 위대한 대마법사를 수소문했다.

그사이 그는 세 번 황좌가 바뀌는 것을 피눈물 나는 심정으로 지켜보아야 했다.

자신의 아버지에게서 큰형에게로, 그리고 다시 조카에게, 그리고 조카의 자식에게로 전해져 갔다.

이제 그가 황좌에 관심을 둘 것이라고 생각하는 사람들은 황실 내에 없었다.

그의 서열은 후계자 순위에서 아예 지워졌고, 그리고 설령 후계자 순위에 있다고 해도 까마득하게 멀어져 있었다.

"제길."

부르르르.

리스트란 공작의 불끈 쥔 주먹이 떨려 왔다.

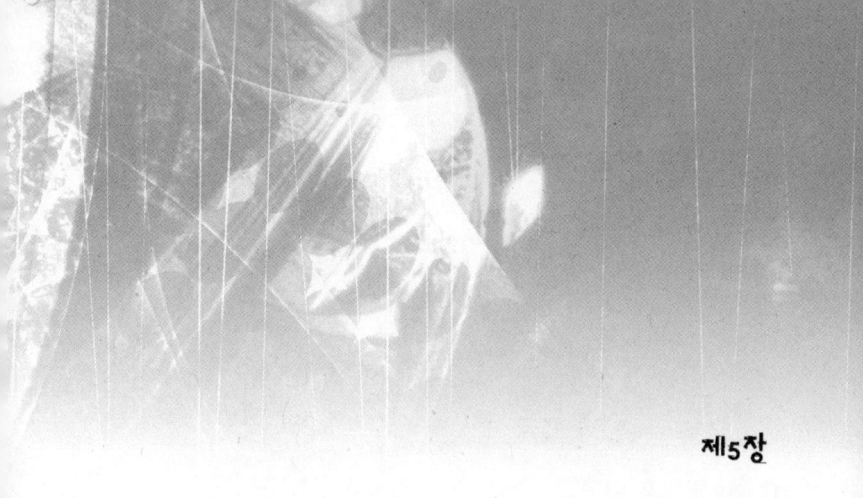

제5장

붉은 드래곤 아그레스

퍼펙트 마이스터

김춘추는 시바 여왕을 노려보았다.

"어쩐 일입니까?"

"호호호, 많이 화가 나셨군요."

시바 여왕이 손으로 입을 가리면서 웃었다.

"이게 웃을 일입니까?"

"저도 겪어 봐서 알아요."

시바 여왕이 김춘추를 달래듯이 말했다.

"그건 댁이 문지기니 파수꾼을 한다고 나섰으니 자초한 일이고, 저는 아직 할 마음이 없습니다."

"어쨌거나 대단해요. 벌써 판테온에 있는 반지를 찾아내다니."

"칭찬 받을 마음 없습니다. 그리고 운이 좋은 거고."

김춘추가 딱 잘라 말했다. 아무리 그가 생각해도 베네사 남작의 일행을 만난 것은 순전히 우연이 아니었다. 반지의 선택이었다. 자신은 그저 반지의 주인인 푸른 용의 간계에 놀아난 것이라고 결론을 내리고 있었다.

"반지가 선택했어요."

"반지 따위는 필요 없습니다. 저는 반지가 없어도 잘 먹고 잘 살 수 있거든요."

"그러면 증명하세요."

시바 여왕이 재밌다는 듯이 말했다.

"뭘요?"

"반지가 필요 없다는 것을."

"아니, 사람을 이렇게 내팽개치고는 그 무슨 말입니까? 여기가 지구도 아니고 다른 차원계에 던져 놓고서는……."

김춘추는 말을 하다 말고 문득 깨달은 바가 있어서 시바 여왕에게 질문했다.

"여기서 반지를 몇 개나 찾아야 합니까?"

"이런, 눈치가 너무 빨라요."

시바 여왕은 기특하다는 듯이 말했다.

"제가 무슨 드래곤볼을 모으는 손오공도 아니고."

김춘추는 투덜거렸다.

"어쩌겠어요, 드래곤들은 원래 장난도 심하고 일도 일부러 복잡하게 해요. 그들이 그리 정했으니 그런 거예요."

시바 여왕은 김춘추를 동정했다.

"몇 갭니까?"

"7개예요."

"정말 제가 무슨 손오공이라도 됩니까!"

김춘추가 자신도 모르게 언성을 높였다.

"진정해요. 제 얘기를 끝까지 들어 보세요."

시바 여왕이 김춘추를 달래면서 말했다.

"일단 세 번째 반지만 찾아도 두 세계를 오가는 것은 가능해요. 뭐든 3이란 숫자는 정말 좋거든요."

"두 세계를 오간다?"

"하지만 나머지 4개의 반지를 빨리 찾지 못하면 당신이 오가는 사이에 두 세계에는 균열이 생겨요."

"도대체 지구로 가라는 말인가요, 가지 말란 말인가요?"

김춘추가 팔짱을 끼면서 물었다.

"한 번 지구로 넘어가면 그곳의 시간으로 일주일 정도는 판테온에 영향을 끼치지 않고서도 보낼 수 있습니다."

"판테온에서는요?"

시바 여왕의 말에 김춘추가 물었다.

"이곳은 드래곤의 직접적인 지배하에 있는 곳이므로 그보다는 시간이 길어요. 약 한 달 정도?"

시바 여왕이 빙그레 웃었다.

"하, 한 달이라고요!"

김춘추가 아연실색이 되어 말했다. 벌써 리가 상단의 마차를 타고 우타국을 떠나온 지 2주일이 넘었기 때문이다.

"반지 하나 찾았잖아요."

시바 여왕이 그런 김춘추를 진정시켰다.

"아."

"한 달하고도 2주일이나 여유가 있는 셈이죠. 더구나 7개의 반지를 다 찾고 나면 더 자유로움이 생깁니다."

"도대체 이런 셈을 왜 만드는 겁니까?"

"드래곤의 생각이니 저도 모르지만, 아마도……."

"아마도?"

"너무 안주하지 말라는 거겠죠."

시바 여왕이 하얀 이를 드러내 보이면서 웃었다.

김춘추는 너무 어이가 없었다. 자신의 의지하고는 관계없이 이렇게 내몰려도 되는가 싶어 화가 났다.

하지만 그 순간 그는 또 다른 사실을 깨달았다.

"두 세계의 시간이 같다는 말씀입니까?"

"문지기나 혹은 문지기 후보가 반지의 힘으로 연 두 세계의 시간대는 같아져요. 다만……."

시바 여왕이 김춘추의 얼굴을 물끄러미 보더니 다시 입을 열었다.

"운도 작용해요."

"운?"

김춘추는 어이가 없어 눈을 치켜떴다.

"드래곤들이 좀 그렇더라고요."

"지금 장난하십니까?"

"너무 걱정하지는 말아요. 두 세계의 시간대는 같이 흐른다는 드래곤 나름의 원칙을 정해서 그런지, 이곳에서 2주일이 흘렀다면 지구를 비운 것이 적어도 2주일이 넘지는 않는다는 거죠. 뭐, 떠나온 지 하루가 될 수도 있고… 가장 최악이라고 해도 2주일이니 그다지 나쁘지 않죠."

"……."

김춘추는 시바 여왕의 말에 침묵했다.

듣고 보니 그나마 나쁘지는 않았다.

"리디아 황녀의 경우는 시간대가 어떻게 되는 겁니까?"

"음, 그녀의 경우는 문지기나 후보가 아니니 인간이 사용해서는 안 될 마법을 이용하거나 그 마법에 따라서 그 시간대는 많이 뒤틀릴 수도, 경우에 따라서 아닐 수도 있어요."

"……."

"너무 걱정하지는 말아요. 문지기가 관련된 일이라면 동일한 시간대가 적용되었을 가능성도 있어요."

"아, 그렇다면 리디아 황녀의 그분은 당신입니까?"

"전 확실히 아니에요."

"당신 전?"

"과거 문지기의 일은 저도 모릅니다. 그러니 아니라고 할 수도 없고 맞다고 할 수도 없습니다."

시바 여왕이 알쏭달쏭한 표정을 지었다.

"과거 문지기의 일일 가능성이 높군……."

김춘추는 시바 여왕을 물끄러미 보면서 생각에 잠겼다.

그녀가 감추고는 있지만 리디아 황녀가 찾는 그분은 한때 시바 여왕의 전 문지기란 뉘앙스가 강하게 전해져 왔다.

시바 여왕이 적어도 지구에서 B.C 9세기의 사람으로 추정되니 리디아의 그분은 지구에서 최소 그 이전의 사람으로 볼 수가 있었다.

"문지기들의 최후는 어떻습니까?"

김춘추가 예리하게 눈을 빛내면서 물었다.

"본인들의 희망에 따라 달라요."

시바 여왕이 그리 말하고는 뭔가 생각에 잠기는 눈치였다. 이내 그녀는 말을 계속 이어 나갔다.

"저는 영원한 죽음을 희망하고 있어요. 전대 문지기가 무엇을 선택했는지는 그 당사자와 드래곤만이 알아요. 어쨌든 본인들의 의사를 중요시 여기니 너무 걱정 말아요."

김춘추는 시바 여왕의 말에 잠자코 있었다.

그렇다고 해서 그 자신이 두 세계의 문지기가 될 마음은 여전히 없었다.

다만, 이 상황을 이용할 방법이 없을까 하는 고심을 했다. 오랜 세월 동안 그의 뜻대로 평탄하게 흘러간 생애도 있었지만 어떤 생애는 뜻하지 않은 일로 고생한 적도 있었다. 그럴 때마다 그는 길을 찾아왔다.

지금도 별다를 바가 없었다. 오히려 그는 이런 상황을 즐겼다. 그리고 이런 상황을 이용해서 자신의 즐거움을 배가시킬 방법을 찾곤 했다.

이번 생애에 드래곤을 만났다고 해도.

김춘추의 입가에서 희미한 미소가 피어올랐다.

시바 여왕은 그의 모습에서 강인함을 다시 한 번 확인했다.

역시 그녀의 선택은 틀리지 않았다.

저런 자에게 차기 문지기를 물려주어야 한다.

시바 여왕은 어떻게 해서든지 김춘추를 꽉 잡아야겠다고 다짐했다.

그렇게 두 사람의 동상이몽 같은 꿈은 새벽, 태양이 떠오르자 끝이 났다.

"좋은 아침입니다."

김춘추는 경쾌한 어조로 그들이 묵고 있는 여관의 1층으로 내려왔다. 이미 1층에는 캘리 공녀와 하녀들, 그리고 베네사 남작과 루돌프가 한 테이블에 앉아 식사를 하고 있었다.

"무척 피곤하신 것 같아 깨우지 않고 내려왔습니다."

루돌프가 변명하듯이 김춘추에게 말했다.

"괜찮습니다. 그사이 15골드 찾으러 전당포에 다녀오신 것 아닙니까?"

김춘추가 미소를 지었다.

"케엑."

베네사 남작은 그와 동시에 빵이 목구멍에 걸려 신음을 했다. 정말이지 젊은 것이 눈치도 빠르다.

오늘 아침 루돌프는 전당포에 다녀왔다.

그에게 줄 15골드는 둘째 치고, 생각지도 못한 적의 급습 때문에 김춘추에게 30골드를 주고 난 후 용병들의 요구도 이어졌다. 처음 고용 때보다 상황이 더 나빠졌기 때문이다.

그에 베네사 남작은 부랴부랴 루돌프 공자를 시켜서 돈을 더 찾아오도록 해야 했다.

척.

김춘추의 손바닥이 베네사 남작의 면전에 펼쳐졌다.

그러자 루돌프가 미리 준비해 둔 15골드를 꺼내어 김춘추의 손바닥 위에 올려 주었다.

"계산은 빨라서 좋습니다."

김춘추가 15골드를 그 자리에서 아공간을 열어 집어넣은 후에 말했다.

"그 돈 받았으니 앞으로는 나의 신변을 더 각별히 지켜야 할 거야."

그때까지 말이 없던 캘리 공녀가 빙그레 웃으면서 말했다.

"여부가 있겠습니까?"

김춘추가 씨익 웃었다.

"돈이 좋긴 좋은가 봐. 하긴 가난한 지그에논 왕국의 자작가이니 그럴 수도 있겠지."

캘리 공녀가 거침없이 말했다.

"확실히 가난하긴 하죠."

김춘추는 그녀의 말에 기분 나빠하지 않고 맞장구를 쳐주었다. 리디아에게 이미 지그에논 왕국의 상태를 들은 그로서는 캘리 공녀의 말에 반박할 수도 없을뿐더러 자신의 일이 아니니 그다지 기분 나빠할 일도 아니었다.

'어라?'

캘리 공녀는 김춘추를 살짝 곁눈질로 흘겨보았다.

처음 그를 테스트 할 때 황태자니 황녀니 하는 단어를 골라 사용하기에 지그에논 왕국에 프라이드가 높은 귀족일 것이라고 생각했다.

그런데 지금 그를 보니 딱히 그런 것도 아닌 것 같았다. 오히려 돈만 주면 무엇이든지 할 것 같은 사내로 보이기까지 했다.

'뭐, 나한테는 좋지. 잘 구슬려서 우리에게 합류하라고 해야겠어.'

캘리 공녀는 속으로 어떻게 하면 김춘추를 회유해서 코르스 산뿐만 아니라 자신을 더 지켜 줄 수 있도록 만들까 하는 생각에 고심했다.

이윽고 마차가 다시 출발했다.

이번엔 캘리 공녀와 함께 김춘추가 마차에 탔다.

조만간 제국에서 새로이 4서클의 마법사를 보내온다고 했다. 그때까지는 김춘추가 그녀와 일거수일투족을 함께 해야 했다. 그 탓에 김춘추는 여간 곤욕이 아니었다. 이미 하녀들에게 마법 방석에 대해 전해 들은 그녀는 자신이 상회에서 방석을 구입하게 내버려 둔 사실을 들어 그를 더욱 괴롭혔다.

이것저것 만들어 달라고 졸랐다.

그럴 때마다 베네사 남작은 마력을 아껴야 한다면서 김춘추의 편을 들어 주었지만 가끔은 캘리 공녀의 편의를 봐주기를 희망하기도 했다.

예를 들어, 마법 방석을 만들어 내는 일 같은 것 말이다.

그 덕에 남작도 마차에서 편안하게 지낼 수가 있었다.

"캘리 공녀님, 이곳에서 지내시면 됩니다."

김춘추가 숲 속 한가운데에서 자그마한 움막을 만들어 공녀를 불렀다.

이들이 이렇게 숲 속에 있는 데는 일전의 습격이 한몫했다.

원래 계획대로라면 우타국을 넘어 군트람 왕국을 지나 베르니 왕국 등 2개의 왕국을 더 지나 코르스 산에 가야 했다.

하지만 그들에게 블랙 기사단 50여 명이 도착했다.

아무리 그들이 변장을 한다고 해도 적국에 가까운 군트람 왕국 내에서 의심을 완전히 면치는 못한다.

그래서 코르스 산과 이어지는 셔먼 산맥을 타기로 했다.

물론 이동은 최대한 조용하게 이뤄졌다. 셔먼 산맥에 사는 붉은 드래곤, 아그레스를 깨우면 큰일이기 때문이다.

그리고 만일을 대비해서 아그레스가 좋아할 만한 것들을 상단 마차에 준비해 놓았다.

"황궁과는 너무도 차이가 나겠지만 그럭저럭 잘 만은 합니다."

김춘추가 씨익 웃으면서 캘리 공녀에게 말했다.

"제가 우타국의 왕비이거나 공주일 수도 있는데 황궁이라?"

캘리 공녀가 김춘추의 말을 받아서 반박했다.

"글쎄요. 우타국이라면 소국인데 돈을 너무 펑펑 쓰더군요. 그리고 습격을 받았다고 기사 50명을 보내오다니, 자그마한 왕국에서 벌일 일은 아니죠."

김춘추가 덤덤하게 말했다.

"역시 눈치는 빠르군."

"바보가 아니라면 다 압니다. 용병들도 아마 알걸요?"

김춘추가 손가락으로 바깥을 가리켰다.

"……."

캘리 공녀는 잠시 밖을 바라보았다.

용병들이 이 사실을 안다고 해도 어차피 자신들과 함께 있다. 자신의 신분이 다른 나라의 첩자들에게 노출되기까지 아직은 시간이 있었다.

"마마님도 이미 아시는 일이겠지만."

김춘추는 그렇게 말하고는 움막 밖으로 나서려고 했다.

"잠시 얘기 좀 나눌까?"

캘리 공녀는 결심이 섰는지 김춘추를 불러 세웠다.

'음… 위험해.'

김춘추는 떨떠름한 표정으로 캘리 공녀를 바라보았다.

"이미 알겠지만 난 루머스 제국 사람이야."

"그럴 거라고 여겼습니다. 우타국의 우방국으로 절대적인 힘을 가진 제국은 루머스 제국밖에 없으니깐요."

김춘추가 조용히 대답했다.

그도 이제는 판테온 정세에 관해서는 꽤 많이 알고 있었다. 리가 상단의 마차에 탄 이후 루돌프 행정관과 꽤 친해지기도 했고, 용병들과도 거리낌 없이 어울렸기 때문에 그들에게서 이런저런 정보도 얻어 듣고 있었다.

게다가 용병들은 김춘추가 자신들에게 아낌없이 술을 사주고 귀족치고 매우 예의가 바른 덕에 판테온 내에 돌아가는 정세뿐만 아니라 드래곤에 관한 이야기 등을 아낌없이 해 주고 있었다.

"난 황녀도 황비도 아니야. 황제의 후처일 뿐."

캘리 공녀는 담담하게 말했다.

김춘추는 묵묵히 그녀의 말을 들어 주었다.

사실 그녀가 황녀도 황비도 아니라는 사실은 그도 매우

뜻밖이었다.

워낙 구김살 없이 명랑하고 거침없이 말을 하는 것으로 보아서 틀림없이 철딱서니 없는 황녀쯤 되지 않을까 생각하고 있던 터였다.

물론 '마마'라는 말을 흑마법사에게 들은 터라 황녀가 아니면 황비일 것이라고 짐작했다. 그랬기에 배짱 좋게 베네사 남작에게 막대한 골드도 요구할 수가 있었다. 판테온 헬레니드 대륙을 호령한다는 3개의 제국 중 한 제국이니 그 정도 돈은 충분히 나올 것이라고 생각했다.

"황제께서 몹시 아끼시나 봅니다."

김춘추는 나름 그녀에게 위로랍시고 던졌다.

"아니."

캘리 공녀는 고개를 저었다.

"……"

"부끄러운 이야기지만 이제 와서 너에게 무엇을 감추겠어. 황제는 날 한 번도 품지 않았어. 답답한 아비가 나를 위해서 이렇게 막대한 돈을 퍼 주고 계시지."

캘리 공녀, 아니 리스트란 공작가의 막내딸 레이나는 자신이 공작의 친딸이 아니라는 것까지는 밝히지 않았다. 친딸과 양녀의 차이가 얼마나 큰지 그녀 스스로 잘 알기 때문이다.

그녀는 김춘추를 앞으로 자신의 계획에 끌어들이기 위한,

필요한 진실만을 말해 주고 있었다.

"아……"

김춘추는 캘리 공녀에게 위로를 건넬 말이 떠오르지 않았다. 이런 상황은 처음 겪어 보았기 때문이다.

여자가 담담하게 자신의 남편과 한 번도 자지 못했다고 말할 수 있는지.

"코러스 산에 그 문제를 해결해 주실 어르신이 산다고 그러더라고. 그래서 가는 거야."

캘리 공녀가 슬픈 표정으로 말했다.

적어도 그녀의 모습을 본 사람이라면 공녀가 지금 자신이 처한 상황을 매우 슬퍼하는 것처럼 보였다.

"그렇군요."

김춘추가 고개를 끄덕였다.

그런 그를 캘리 공녀가 물끄러미 바라보았다.

김춘추는 의아한 표정으로 캘리 공녀를 바라보았다.

-사실 내 목적은 황제를 유혹할 수 있는 비법을 가진 어르신을 만나는 게 아니야.

비록 텔레파시였지만 매우 밝고 명랑한 캘리 공녀의 말투가 전해져 왔다.

-마, 마법을 할 수가 있습니까?

김춘추는 자신에게 텔레파시를 걸어오는 캘리 공녀의 눈을 똑바로 쳐다보았다.

-이래 봬도 1서클 마법사야. 뭐, 병아리나 다름없지만 어쨌든 간에 이건 비밀로 해 줘. 나는 코러스 산에 도착하면 도망칠 거야. 그러니 내 편이 되어 줘.

캘리 공녀가 여전히 겉으로는 슬픈 표정을 지으면서, 그러나 텔레파시 거는 그녀의 말투에는 희망이 묻어 있었다.

김춘추는 그녀의 말에 어이가 없어 그저 입만 턱 벌렸다.

⊕ ⊕ ⊕

'하다못해 이것까지 내가 하네.'

김춘추는 비 오듯이 흐르는 땀을 닦으면서 절벽을 오르고 있었다. 그의 등 뒤에는 붉은 드래곤 아그레스와 부딪히게 되면 바칠 선물이 동동 싸매져 있었다.

오늘 아침 일이었다.

아그레스의 종을 자처하는 아그레스 산의 드워프 무리가 리가 상단이 머물고 있는 곳을 찾아왔다.

이미 위대하신 붉은 드래곤께서 이들이 지나가는 것을 아시니 준비한 선물을 둥지에 갖다 바치라는 얘기였다.

그리고 친절하게도 그 선물을 갖다 바칠 사람을 지목했다.

김춘추였다.

더구나 인간의 마나가 묻어 나오는 선물은 싫으니 반드시 아공간에 넣지 말고 직접 메고 오라는 지시였다.

그 바람에 김춘추는 어쩔 수 없이 무거운 장식품 등을 그의 어깨에 메고 둥지가 있는 곳으로 향했다.

물론 무게를 줄이는 마법 또한 쓸 수가 없었다.

대신 김춘추는 자신에게 영향을 미치는 신체 강화 마법을 이용해 체력을 조금 더 늘리는 데 썼다.

하지만 아무리 그렇다고 해도 무거운 장식품 등을 등에 지고 절벽까지 오르는 것은 그로서도 힘에 부쳤다. 하필 둥지가 절벽 위에 있었기 때문이다.

"힘내시와요."

어느새 붉은 머리카락을 가진 엘프가 옆에 와서 그와 함께 절벽을 오르고 있었다.

역시 붉은 드래곤이 보낸 종이었다.

"얼마나 더 가면 됩니까?"

"얼마 안 남았사와요."

여느 판타지 게임 같은 곳에서 등장할 법한, 너무도 예쁜 엘프가 방실방실 웃으면서 그에게 윙크를 했다.

"흐음."

김춘추는 자신도 모르게 감탄사를 내뱉었다. 리디아 덕에 그의 눈이 한층 높아졌지만 엘프에 비하면 인간의 미모는 덧없었다.

"게오르그라고 합니다."

김춘추가 엘프에게 하얀 이를 드러내면서 자신을 소개했다.

'나도 남자긴 하군.'

그는 몇 생애 전을 끝으로 사라진 연애의 감정이 떠오르는 것을 느꼈다.

"이상합니당. 아그레스 님이 말씀하시기로는 그 이름이 아니라고 들었습니다."

"……!"

엘프의 말에 김춘추는 순간 찬물에 정신이 확 깨는 것 같았다. 비로소 그는 자신이 상대하는 것이 드래곤이라는 것을 실감했다.

"뭐, 뭐라고 하셨습니까?"

"기억이 나지 않습니당. 하지만 확실히 방금 전 이름보다는 짧았습니다."

엘프는 코맹맹이 소리를 내면서 고개를 갸우뚱거렸다.

그 모습이 여간 귀엽고 예쁜 게 아니었다.

하지만 김춘추는 이미 엘프의 그런 모습 따위는 눈에 들어오지 않았다. 방금 전까지만 해도 엘프를 보고 두근대던 그의 심장은 빠른 속도로 차가워지고 있었다.

'실수하면 죽는다.'

김춘추는 자신의 손가락에서 빛나고 있는 반지를 내려다보았다.

'이럴 수가.'

분명 그의 손가락에는 좀 전까지 두 개의 반지가 끼어 있었다.

그런데 어떤 이유인지 반지가 하나로 합쳐져 있었다.

그리고 반지에서 아무런 느낌도 느껴지지 않았다.

순간 김춘추는 본능적으로 반지에 대한 자신의 생각을 멈추었다. 그러고는 리디아가 전에 해 주었던 지그에논 왕국의 이야기들을 떠올리려고 애를 썼다.

"여깁니당!"

엘프가 기쁜 환호성을 질렀다.

웅차.

김춘추는 마지막 안간힘을 다해서 절벽 위를 올랐다.

그러자 그의 앞에 거대한 동굴 입구가 보였다.

적어도 15미터는 족히 될 법한 입구였다.

그런데 입구에서 안으로 들어갈수록 동굴의 높이는 점점 더 높아져 갔다. 거의 중심부에 다다랐을 때에는 천장과 바닥의 높이가 45미터쯤은 되어 보였다.

그야말로 어마어마한 동굴이었다.

'드래곤의 사이즈가 이렇게 크단 얘기겠지.'

김춘추는 황금색으로 빛나는 갖가지 보물들이 아무렇게나 쌓여져 있는 곳을 바라보았다. 드래곤들은 탐욕스럽다는데 확실히 그런가 보다.

두근두근.

김춘추는 처음으로 드래곤의 실체를 본다는 사실에 긴장했다.

"으흠흠흠."

그를 안내했던 붉은 머리카락의 엘프가 김춘추의 주변을 빙빙 돌면서 이상한 소리를 냈다.

"왜 그러십니까?"

"왜 그러십니깡?"

엘프는 무엇이 재미나는지 김춘추의 말투를 따라 했다. 그 와중에도 코맹맹이 소리가 묻어 나왔다.

"아그레스 님은 어디 계십니까?"

"아르레스 님웅 어디 계십닝깡?"

"따라 하지 마십시오."

"따라 하징 마십시웅."

김춘추는 엘프의 장난을 무시하기로 했다.

그는 더는 아무 말도 없이 그녀가 주변을 빙빙 돌건 말건…

그의 관심을 끌기 위해서 팔딱 뛰건 말건…

심지어 자신을 향해서 화살을 쏘건 말건…

관심을 두지 않았다.

붉은 드래곤의 종이라면 자신을 함부로 죽이지는 못할 터이니.

물론 붉은 드래곤이 죽이라고 명령을 내렸다면 모를까.

설령 그랬다고 치자, 엘프가 그보다 힘이 약한지 강한지는 모른다.

하지만 그녀의 뒤에 붉은 드래곤이 있다면…

그는 이미 싸움에서 진 셈이었다.

그러니 이럴 때는 적극적으로 대응하기보다 차라리 무심한 편이 나았다. 용병들의 정보에 의하면 붉은 드래곤 아그레스는 강한 담력을 가진 자를 좋아한다고 들었기 때문이다.

"하암! 아잉, 재미없어."

엘프가 두 팔을 위로 뻗어 하품하면서 말했다. 그도 그럴 것이, 김춘추가 그녀와 놀아 주지 않았기 때문이다.

여전히 김춘추는 붉은 드래곤을 기다리며 서 있었다.

"꽤 매정하고 담력이 세네."

엘프가 김춘추에게 말을 걸었다. 김춘추는 여전히 묵묵부답이었다.

"정말 재미없네."

엘프는 그렇게 말하더니 무언가를 중얼거렸다.

그러자 그녀의 모습이 점점 흐릿해지기 시작했다.

'아니?'

김춘추는 자신의 눈앞에서 벌어지는 광경을 똑똑히 바라보았다.

펑!

엘프의 모습이 온데간데없이 사라지더니 그 자리에는 거대한 붉은 드래곤이 김춘추를 노려보면서 서 있었다.

'엘프가 드래곤이었군.'

김춘추는 자기도 모르게 고개를 끄덕였다. 정말이지 감쪽같이 몰랐다.

"제길, 난 엘프의 모습이 좋은데."

붉은 드래곤 아그레스가 투덜거렸다. 그러고는 김춘추를 노려보면서 말했다.

"두려움이 없는 인간을 만났군. 자, 선물을 건네 다오."

"저에게 무엇을 주시겠습니까?"

김춘추는 등에 멘 무거운 짐들을 풀어 내면서 물었다.

"너의 일행이 무사히 이곳을 지나가게 해 주는 것만으로도 내가 할 일은 끝난 것 같은데?"

아그레스는 가소롭다는 듯이 말했다.

"절 놀리셨으니 그 대가를 받았으면 합니다."

"널 놀렸다?"

"일부러 엘프로 변신해서 절 놀리지 않았습니까?"

김춘추는 속에서 강한 두려움이 일었지만 일부러 목소리를 더욱 크게 내었다.

"흥, 속으로는 두려워하면서 나에게 흥정을 걸어오다니."

김춘추의 속마음 따위는 이미 다 안다는 식으로 아그레

스가 말했다.

"인간의 본능은 무서움에 떨 수 있습니다. 하지만 이성은 다릅니다. 저도 인간인지라 아그레스 님의 위엄 있는 모습에 저도 모르게 떠는 것까지는 어쩔 수가 없습니다. 하지만 그건 그거고, 절 놀린 대가는 받았으면 합니다!"

김춘추는 솔직하게 시인하면서도 지지 않고 따졌다.

"……."

아그레스는 한참을 생각하는 눈치였다.

이윽고 입을 열었다.

"너는 누구야?"

"게오르그 폰 홀슈타인입니다."

"그 이름이 아니라는 것은 이미 서로가 알지 않는가."

"……."

이번에는 김춘추가 입을 다물었다.

그러자 아그레스가 씨익 웃으며 말했다.

"날 기만했으니 내가 놀린 값은 이것으로 퉁 친다."

"듣던 대로 아그레스 님은 위엄 있는 것만이 아니라 센스까지 갖추셨군요."

김춘추는 최대한 무덤덤한 어조로 아그레스의 칭찬을 늘어놓았다. 내용을 보면 아부를 하는 것이었으나 겉으로는 아그레스의 기에 눌리지 않은 모습을 보여 주고 있었다.

이것이 매우 중요했다.

용병들에게 전해 들은 이야기 중 아그레스에게 걸려들었다가 살아남은 자들의 비법이 담겨 있었다.

아그레스는 자신에게 아부를 하는 자들을 아주 질색한다고 했다. 그러면서 탐욕도 심하고 명예욕도 심하다고 했다. 그러니 그에게 선물과 담담한 칭찬을 늘어놓는 것이 무척이나 중요했다.

"흥, 네 속셈 따위는 다 알고 있다. 몇몇 알량한 인간이 떠들어 댔겠지. 내가 그들의 농간에 넘어갔다고 생각하나?"

"글쎄요. 제가 보기에는 전혀 그렇지 않군요. 아마도 그들이 자신들의 꾀가 깊어서 살아났다고 여기도록 만든 것조차 아그레스 님의 깊은 혜안이겠죠. 아흠."

김춘추는 지루하다는 표정으로 하품을 해 대면서 말했다. 솔직히 그의 속마음도 하품하는 행동과 무관하지 않았다.

"흥, 그딴 아부는 필요 없어. 네 녀석의 이름만 알려 주면 그만이지."

그렇게 말하는 아그레스의 표정은 싫지 않은 눈치였다.

"게오르그라니까요."

"아니잖아!"

아그레스가 지지 않고 말했다.

"아오! 저보고 어떻게 하라는 겁니까?"

"본 이름을 대!"

"김춘추입니다."

"김춘추? 뭐 그딴 이름도 다 있어?"

게오르그가 김춘추의 말에 고개를 갸우뚱거렸다.

"어렸을 때의 아명입니다. 오래 살라는 의미로 아무런 의미도 없는 이상한 이름을 갖다 붙이셨습니다."

김춘추는 단호한 어조로 말했다.

"아, 그렇구나."

아그레스가 고개를 끄덕였다. 김춘추에게서 느껴지던 그의 이름이 묘하게 지금의 그와 딱 맞아떨어지고 있었다.

"이제 절 보내 주십시오."

"알았어. 모처럼 다른 곳에서 온 인간을 만나는가 싶었는데 헛짚었군. 푸른 드래곤 녀석도 느껴지지 않고."

아그레스가 구시렁대면서 말했다.

김춘추는 무슨 말인지 모르는 척 시치미를 뗐다.

"선물도 주시고요."

"인간이 나보다 더 탐욕스럽군. 내가 너에게 선물을 줄 이유가 없지 않아?"

"제 이름에 태클을 걸었잖습니까?"

"조그만 인간이, 확!"

아그레스가 앞발을 들어 김춘추의 머리를 밟을 것처럼 내렸다. 하지만 김춘추는 그 자리에서 꼼짝도 하지 않았다.

멈칫.

"쳇, 인간이 너무 담력이 세네. 기대했던 다른 곳에서 온 인간은 아니지만 그래도 재밌어. 다음에 또 만나면 그때는 나랑 오래오래 놀다 가."

"3일."

김춘추가 손가락을 3개 들어 말했다.

"뭐?"

아그레스가 그 말을 이해 못하고 고개를 갸웃거렸다.

"제가 다음에 오면 3일간 놀아 드리겠습니다. 그러니 이 왕주시는 선물, 좀 센 거 요구해도 됩니까?"

"뭔데?"

아그레스가 궁금한 표정을 지으면서 말했다.

"서클 좀 늘려 주십시오."

"오호라, 인간 제법인데? 이곳에 그 많은 보석 따위는 관심도 없단 말이지. 인간이 몰라서 그러는가 본데, 저기 보이는 반짝이는 푸른색의 큰 다이아몬드 보이지? 저것만 가지고 있으면 파이온 제국의 황위권이 정당화된다고. 그런데 저런 것을 요구하지 않겠다고?"

"제가 탐욕이 좀 있긴 한데, 그까짓 제국 따위는 별 관심이 없습니다. 제 나이 스물, 3서클 마법사입니다. 이 정도면 천재에 천재급 아닙니까? 게다가 이 나이에 4서클, 5서클에 들어서면 적어도 마흔, 쉰에 이르면 7서클까지 오르지 않을까요? 7서클 위대한 대마법사만 되어도 제국 따위는 마음만 먹으면 가질 수 있지 않습니까?"

"오호라, 이 인간은 탐욕뿐 아니라 제법 머리도 돌아가는군. 난 이런 자가 좋더라. 호호호."

아그레스가 김춘추의 말에 몹시 기분이 좋은지 고개를 끄덕였다.

"좋아, 그까짓 서클 하나는 늘려 주지."

"감사합니다."

김춘추는 이왕이면 서클 두 개 더 늘려 달라는 말이 목구멍까지 치밀어 올랐지만 참았다. 이 이상 아그레스를 자극하는 것은 위험하다는 본능에서였다.

"눈을 감아, 인간."

아그레스가 말했다.

김춘추는 자리에 앉아 가부좌 자세를 하고는 눈을 감았다.

'이 인간 제법인데.'

아그레스는 그런 김춘추가 마음에 들었다.

그녀는 곧 용언을 외우기 시작했다.

한참 동안 용언은 그녀의 입에서 계속 나왔다.

김춘추는 끈기 있게 서클이 늘기를 기다렸다.

휘이이잉- 휘잉.

한 줄기의 바람이 그의 가슴으로 불어닥쳤다.

서서히 바람은 3개의 서클이 놓여 있는 곳으로 들어왔다.

그리고 이내 3개의 서클을 감쌌다.

욱신.

김춘추는 가슴에서 강한 통증을 느꼈다. 하지만 이를 악물고 버텨 냈다. 자연스럽게 생기는 서클과는 달리, 드래곤의 마력으로 만들어지는 서클이었기에.

그 과정에서 상상도 못할 고통과 통증이 일어났다.

하지만 그는 단 한 번도 신음 소리를 내지 않았다.

사실 그가 신음 소리를 냈더라면 아그레스는 용언을 가차 없이 중단했을 것이다. 담력이 없는 인간을 좋아하지 않는 그녀의 성정상 김춘추와 약속을 했다고 해도 그것은 그녀의 마음이 변하면 그만이니깐 말이다.

드디어 네 번째 서클이 그의 가슴에 새겨졌다.

"인간, 눈을 떠라."

김춘추는 아그레스의 말에 눈을 떴다.

휘익.

아그레스가 한 무더기의 보물들 사이로 무언가를 찾더니 김춘추에게 던졌다. 마법 주문이 담긴 책이었다.

김춘추의 눈이 또 한 번 커져 갔다. 7서클 주문까지 담긴, 그야말로 생각지도 못한 선물이었기 때문이다.

"뭡니까?"

김춘추가 반문했다.

"인간, 선물 많이 줬다."

아그레스는 그렇게 말하더니 어느새 붉은 머리카락의 예의 그 예쁜 엘프로 돌아가 있었다.

"자앙, 저를 따라오시와요."

엘프 아그레스는 부끄러운 듯한 미소를 지으면서 김춘추에게 말했다.

"어울리지 않아요."

김춘추가 퉁명스럽게 말했다.

"소녀는 엘프예용."

"그렇다고 칩시다."

김춘추는 아그레스와 입씨름하기가 싫어서 그녀의 말에 수긍했다.

"아잉, 이럴 때 보면 재미없당."

엘프 아그레스가 투덜거렸다.

하지만 김춘추가 모르는 한 가지, 그가 아그레스를 상대하려고 하지 않을수록 아그레스는 더욱 김춘추에게 빠져가고 있었다.

"길만 알려 주십시오."

"엘프 아그레스도 따라갑니당."

"네엣?"

김춘추의 눈이 동전만 해졌다.

"저도 이곳이 지겨워졌거든용. 홍홍홍."

엘프 아그레스는 천연덕스럽게 말했다.

'아이고, 혹 떼려다 혹 붙인 격이네.'
김춘추는 어쩔 수 없이 고개를 끄덕였다.

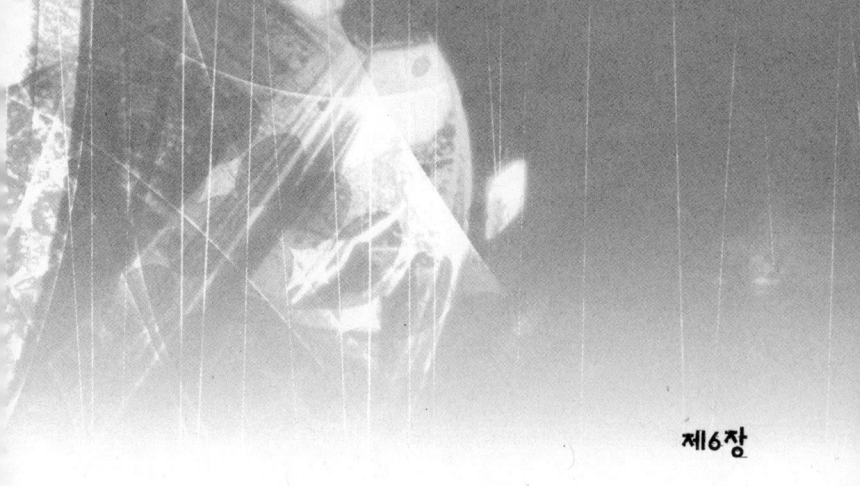

제6장

세 번째 반지를 찾아서

퍼펙트
마이스터

"하하하하."

"오홍홍홍."

"호호호호."

엘프로 현현한 아그레스를 둘러싸고 베네사 남작, 루돌프와 캘리 공녀까지 즐겁게 수다를 떨고 있었다.

그네들이 이름 부르고 있는 이 예쁘장하고 싹싹한 엘프 그레이아가 붉은 드래곤의 현현한 모습이라는 것을 전혀 몰랐다. 그럴 수밖에 없는 것이, 김춘추가 입을 다물었기 때문이다.

하긴 그가 입을 열고 싶어도 열 수가 없었다.

아그레스의 반 협박이 있었기 때문이다.

그리고 정말 아그레스가 일행에 위협이 된다면 김춘추가 입을 열었을지도 모른다.

하지만 이 아그레스 산을 빠져 나가는 데는 그녀의 도움이 필요했다.

리가 상단의 일행들은 모르지만 그들이 있는 곳곳에는 커다란 위험이 도사리고 있었다.

하지만 아그레스가 상단과 함께 있는 만큼 모든 것이 무사태평하게 지나가고 있었다.

김춘추는 바보가 아니었다.

몬스터들이 인간을 무서워해서 그들을 습격하지 않은 것은 아니다. 이 모든 게 아그레스 덕이었다. 그러니 사람들을 괜히 불안에 떨게 하면서까지 그녀의 정체를 밝힐 필요가 없었다.

다만 김춘추가 불편해진 것은 하나 있었다.

반지의 느낌을 공유할 수 없다는 것이다.

두 개의 반지가 생김으로써 이곳에서는 푸른 드래곤이라고 불리는 푸른 용의 의지가 담긴 반지의 느낌이 완전히 사라졌기 때문이다.

이 역시 아그레스 때문일 게다.

그리고 그 자신의 생각조차 아그레스 앞에서는 반지에 대한 생각마저 완전히 차단하는 것을 보면 김춘추에게도 꽤나 중요한 일인 듯싶었다.

'드래곤들끼리 경쟁을 하는 탓일까.'

김춘추는 용병들에게 들은 다양한 지식을 떠올려 보았다. 가장 그럴싸한 결론이었다.

차원을 지키는 푸른 용과 다른 용들 간의, 자신이 모르는 무언가가 있을 것이라고 그는 내심 짐작했다.

'일이 더 복잡해졌네. 세 번째 반지를 내 스스로 찾아야 한다는 거군.'

김춘추는 일행에서 완전히 떨어져서 혼자 깊이 생각에 잠겼다.

그때였다.

슈슈슈슉.

기괴한 소리가 나더니 이내 세 개의 입을 가진, 흡사 뱀처럼 생긴 몬스터가 김춘추의 바로 앞에 나타났다.

김춘추는 경악할 수밖에 없었다.

몬스터의 길이는 꼬리를 말고 있어서 그렇지 대략 15미터에 달해 보였고, 몸통은 3미터를 육박했다.

그런 육중한 몸을 이끌고 청력이 예민한 김춘추에게 들키지 않고 그의 앞까지 한순간에 나타날 수 있다는 말인가.

"이 인간인가?"

몬스터의 말에 바스럭거리는 소리가 나더니 풀숲에서 드워프 하나가 겁에 질린 채 나타났다.

"그렇습니다."

김춘추도 익히 한 번 본 드워프였다. 처음 아그레스의 명을 받아 리가 상단에 나타난 드워프였기 때문이다.

"너 잘 만났다!"

몬스터는 커다란 입을 쩌억 벌렸다.

김춘추는 재빨리 4서클의 마법 중 일루셔네리 월을 만들어 자신의 앞에 세웠다.

"고작 벽 하나 뒤로 나를 피할 수 있다는 말인가?"

뱀같이 생긴 몬스터가 코웃음을 쳤다.

"아니."

김춘추의 대답이 몬스터의 등 위에서 들려왔다.

"갸오옥!"

뱀같이 생긴 몬스터가 갑자기 소리를 질렀다.

인간이 마법 벽을 세우기에 가소롭게 여긴 것이 화근이었다.

김춘추는 벽을 세우는 동시에 이동 마법을 곧바로 펼쳐 몬스터의 등 위를 탔기 때문이다.

'한 번에 두 가지 마법이라니?'

그 광경을 보는 드워프조차 입을 쩌억 벌렸다.

아무리 6서클의 마법사라고 해도 동시에 펼치는 두 가지 마법은 사실 미세한 선후 관계가 있었기 때문이다.

이는 사실 김춘추가 판테온의 마법에 대해서 주문만 알았지 선입견이 없었기 때문에 가능한 일이었다.

동시에 여러 개의 마법을 펼칠 수가 없다.

이런 선입견 말이다.

그는 마나가 허락되는 한 4서클에 오르자 간단한 마법들은 의념만으로 펼쳐진다는 것을 알아내고는 동시에 여러 개의 마법을 펼치는 연습을 종종하곤 했다.

물론 다른 이들이 보이지 않는 곳에서 연습을 했지만 말이다.

어느새 김춘추의 손에는 마법 검이 들려 있었다.

퍼억!

"갸오오옥! 갸오옥!"

몬스터는 자신의 등 위에서 마구잡이로 검을 찔러 대는 김춘추 탓에 비명을 질러 댔다.

그 바람에 드워프는 더욱 안색이 창백해졌다. 당연히 이길 줄 알았던 몬스터가 오히려 인간에게 당하고 있으니 말이다.

그는 '걸음아, 나 살려라!' 하는 심정으로 그 자리를 박차고 도망쳤다.

하지만 이내 드워프는 아그레스와 마주쳤다.

"뭐행?"

"아, 그… 그게……."

드워프는 엘프의 몸에 깃든 아그레스를 잘 알고 있었다.

평소 아그레스가 엘프의 몸을 좋아했기 때문이다.

드래곤마다 각기 좋아하는 종족의 몸이 있었다.

드워프의 몸을 좋아하는 드래곤이 있는가 하면 인간의 몸, 그리고 이런 예쁘장한 엘프의 몸을 좋아하는 드래곤도 있었다.

"죄, 죄송합니다!"

드워프가 큰 소리로 그렇게 말하고는 바닥에 납작 엎드렸다.

"쉬잇!"

아그레스가 자신의 입에 손가락을 갖다 대었다.

그러고는 드워프의 머리를 토닥이면서 말했다.

"남들이 보면 내가 무척 무서운 여자 같잖아잉. 그러니 토닥토닥. 괜찮앙. 얼굴 들고 날 쳐다봐."

아그레스의 말에 드워프는 더욱 몸을 떨었다.

그렇다고 계속 바닥에 납작 엎드릴 수는 없었다.

이럴 때 그녀의 말을 거슬리면 더욱 큰일이 나기 때문이다.

"저거나 마저 구경하장."

아그레스가 김춘추와 몬스터가 싸우고 있는 곳을 가리켰다.

드워프는 조용히 고개를 끄덕였다.

하지만 아그레스의 기대와는 달리 싸움은 금방 끝났다.

선기를 잡힌 몬스터가 너무 쉽게 뻗어 버렸기 때문이다.

김춘추는 회심의 일격을 날렸다.

댕강.

몬스터의 목이 잘려 바닥에 뒹굴었다.

짝짝짝.

아그레스가 그제야 드워프와 함께 몸을 드러내면서 박수를 쳤다.

"너무 싱거워용."

"저 녀석을 심문해도 될까요?"

김춘추는 드워프 쪽을 가리키면서 물었다.

"심문해도 되지만 어차피 별거 없어용. 저 녀석은 제 심복 중 하나거든용."

아그레스가 방금 목이 잘린 몬스터를 담담하게 가리키면서 말했다.

'시, 심복이라고?'

순간 김춘추는 아찔해졌다. 아그레스의 심복을 자신의 손으로 목을 자르다니. 게다가 아그레스는 무슨 생각으로 심복을 자신에게 보냈을까.

"어머머, 오해세요. 저는 절대로 저 녀석을 보내지 않았사와용."

아그레스가 두 손을 적극적으로 저으면서 해명했다.

"저 녀석이 당신을 질투한 거예용. 제가 당신을 따라가서."

세 번째 반지를 찾아서 • 169

아그레스가 부끄럽다는 듯이 손으로 입을 가리면서 말했다.

정말이지 적응되지 않는다.

아그레스의 본체를 본 김춘추로서는 엘프 그레이아의 코맹맹이 소리와 모습은 너무 괴리감이 컸다.

"알겠습니다. 그러면 보상을 해 주시죠."

김춘추는 태연하게 아그레스에게 손을 벌렸다.

"아, 그래야겠죵."

아그레스가 고개를 끄덕이고는 드워프에게 성질을 냈다.

"들었지? 둥지에 가서 아무거나 하나 가져와."

드워프는 아그레스의 말에 꽁지 빠지게 그 자리를 떠났다.

"오홍홍, 조금 기다리셔야 하는데. 식사하러 가실까용?"

"그러죠."

김춘추는 아그레스의 말투가 여전히 적응되지 않았지만 애써 태연한 척하면서 그녀와 그 자리를 떠났다.

그들이 떠난 자리에는 아그레스의 심복이자 아그레스를 너무 사랑한 몬스터의 몸통과 분리된 목이 덩그러니 놓였다.

◈ ◈ ◈

리가 상단의 마차는 수월하게 아그레스 산을 빠져나와서 금방 코러스 산 초입에 있는 마을까지 단숨에 달려왔다.
"거참 이상하네."
루돌프가 연신 고개를 저었다.
그의 상식으로도 이렇게 빨리, 아무런 탈도 없이 산을 빠져 나왔다는 게 신기할 따름이었다.
물론 붉은 드래곤 아그레스에게 선물을 갖다 바치긴 했지만, 그 정도의 선물에 이토록 빨리 산을 벗어나게 될 줄은 그도 생각지 못했다.
적어도 몇 가지 시비는 걸 줄 알았던 모양이다.
"오라버니, 좋은 게 좋은 거죠."
캘리 공녀가 루돌프에게 말했다.
그녀와 루돌프는 친남매 사이였다.
레이나라는 이름 이전에 그녀의 이름은 캘리였다.
리스트란 공작가에 막내딸로 입양되기 전까지는 말이다.
공작가와는 먼 친척뻘이었지만 뛰어난 미모 덕에 친척들 중 선발되었다. 그에 루돌프도 남작의 작위를 하사받았으며 리스트란 공작가에서 행정관으로 일하고 있었다.
"그렇죠."
루돌프는 캘리 공녀의 말에 고개를 끄덕였다.
"이제 곧 코러스 산이 보입니다."
그의 말에 캘리 공녀의 심장이 두근댔다.

7서클의 위대한 대마법사를 찾아야 하는 일이 남았지만 그것은 베네사 남작과 기사단이 알아서 할 것이다.

그리고 그들이 위대한 대마법사를 찾는 동안 캘리 공녀는 공작가로부터 영원히 도망치기로 했다.

루돌프 역시 여동생의 계획을 잘 알고 있었다.

겉으로는 공작가에 헌신하고 작위를 받은 것을 감사하고 있는 모습을 보이고 있지만, 불행한 여동생을 담보로 자신의 지위를 추구하는 비열한 인간은 아니었기 때문이다.

김춘추는 캘리 공녀의 제안을 딱 잘라 거절한 바가 있다. 다만 그들의 계획을 모른 척해 주기로 서약했다. 굳이 그들의 일에 말려들기 싫었기 때문이다.

인간사 이런 일도 있고 저런 일도 있다. 지구나 판테온이나. 인간이 사는 곳이라면 응당 얽히고설키는 법.

"곧 코러스 산 입구에 당도합니다."

베네사 남작이 아쉬운 듯한 미소를 지으면서 김춘추에게 말했다.

"그렇군요."

김춘추는 속이 후련하다는 투로 말했다.

"허허, 마법사님은 저희와 정이 들지 않았나 봅니다. 한 달간 즐겁게 저는 여행했다고 생각했는데."

"그렇긴 하죠. 덕분에 골드도 생기고."

김춘추가 약간 짓궂게 놀리듯이 말했다.

"제 얼굴이 골드로 보입니까?"

베네사 남작이 김춘추의 농담을 받아쳤다.

"뭐, 골드 주머니쯤은 되겠는데요? 하하하… 사실 저도 아쉽긴 합니다만 하루속히 지그에논 왕국으로 돌아가는 것이 소원이라서 원래 약속대로 헤어지려고 하는 겁니다."

"하긴 그렇겠군요. 너무 우리 생각만 했습니다."

베네사 남작은 뒤통수를 긁으면서 말했다.

"이젠 땀도 안 흘리시네요."

김춘추가 남작의 모습에 변화를 느끼고는 말했다.

"아그레스 산에서부터 몸이 이상하게 좋아졌습니다. 아직은 뚱뚱하지만 제법 몸무게도 줄어든 것 같습니다."

베네사 남작이 맞장구를 치면서 말했다.

김춘추는 자신의 옆에 앉아 있는 아그레스를 슬쩍 바라보았다.

'이것이 드래곤의 마력인가.'

한마디로 존재 자체로 주변의 것들을 나아지게 할 수도 있고 마음만 먹으면 한 왕국쯤은 초토화할 수도 있는 힘.

김춘추는 자신도 모르게 주먹에 힘이 들어갔다. 정말 드래곤은 알면 알수록, 경험하면 할수록 신기한 존재였다.

마차가 서자 김춘추는 바로 리가 상단의 일행들에게 일일이 이별 인사를 건넸다.

캘리 공녀도, 루돌프도, 하나와 두리, 용병들 등 김춘추와의 이별을 아쉬워했다. 심지어 2주간 함께 숲 속을 지냈던 블랙 기사단의 기사들까지 김춘추와의 이별을 아쉬워했다. 그 이유는 김춘추가 그간 보여 준 붙임성과 배려심 때문이다.

그들이 필요한 것이 있으면 자신이 할 수 있는 범위 내에서 마법을 시현하는 것을 서슴지 않았다.

마력을 아껴야 한다는 둥의 여타 마법사들처럼 인색하게 굴지 않았다. 심지어 캘리 공녀에게는 남모르게 마법까지 알려 주고 있었다.

아그레스 산을 빠져나왔을 때는 캘리 공녀의 가슴에 2개의 서클이 빛나고 있었다. 물론 엘프로 현현한 아그레스 덕이기도 했지만, 김춘추의 도움과 캘리 공녀의 노력이 더한 까닭이기도 했다.

무엇이든 열심히 하는 자들에게는 아그레스의 마력이 은은하게 작용되었다.

'꽤 괜찮은 드래곤이군.'

김춘추는 서서히 아그레스를 좋아하기 시작했다.

어색한 말투는 여전히 적응이 안 됐지만.

게다가 이 드래곤은 일행과 이별하고도 여전히 김춘추를 따라왔다.

"너무 오래 산을 비우시는 거 아닙니까?"

"에잉, 이 정도는 오래도 아닌데요. 백 년을 비운 적도 있고. 아, 맞다! 오백 년 비운 적도 있다. 아니지, 그 전엔 천 년간 잤던가?"

아그레스는 고개를 갸웃거리면서 과거의 일을 떠올렸다.

김춘추의 입이 쩌억 벌어졌다.

지금 아그레스의 말을 종합해 보면, 당분간 그의 곁을 떠날 마음이 전혀 없다는 것이 아닌가.

'반지를 찾아야 하는데.'

김춘추는 자신도 모르게 반지에 대해서 떠올렸다.

순간 아그레스의 눈이 반짝거렸다.

'아차.'

김춘추는 자신도 모르게 목덜미가 서늘해지는 것을 느꼈다.

"방금 반지 생각했지?"

엘프 아그레스의 말투가 변했다.

김춘추는 자신의 실수를 눈치챘다.

"반지를 찾는다라……?"

아그레스의 눈동자가 붉게 변하고 있었다.

김춘추는 무어라 반박할 말을 찾지 못했다.

반지를 생각한다고 해서 반드시 차원의 문을 오가는 반지를 뜻하는 것은 아니다.

이것은 일반적인 얘기고… 상위의 드래곤들은 인간의 생각을 훤히 볼 줄 알뿐더러 그 의미조차 이해하고 있었다.

물론 인간계의 여타 종족으로 변신했을 때는 일부러 그런 능력을 스스로 막고 유희의 즐거움을 누렸지만… 아그레스의 경우, 김춘추에게 느끼는 아주 이상한 이질감의 이유를 찾아내기 위해서 그와 더불어 유희를 즐기고 있지 않았던가.

 단둘이 있을 때만큼은 자신의 능력에 제한을 두지 않았던 터라 그녀는 김춘추가 찾는 반지의 의미까지 한 번에 파악해 버렸다.

 김춘추는 아그레스가 자신을 공격할 경우를 대비해서 몇 가지 공격 마법과 방어 마법을 떠올렸다.

 "흥, 인간이 잘못을 빌기는 고사하고 날 공격할 생각을 해?"

 요정 아그레스의 몸이 점점 부풀기 시작하더니 둥지에서 본 것처럼 한순간 사라졌다.

 펑!

 그리고 그 자리엔 거대한 붉은 드래곤 아그레스가 불길을 내뿜으면서 서 있었다.

 이것만 봐도 그녀가 얼마나 화가 났는지 알 수가 있었다.

 김춘추는 당황하지 않고 자신의 손가락을 보았다.

 반지가 도로 두 개다.

 이미 들킨 것… 제자리로 돌아간 듯싶었다.

 김춘추는 자신의 주변에 워터 실드를 쳤다.

아그레스가 내뿜는 불길을 막기 위해서였다.

"그까짓 물 실드로 날 막을 수 있을까?"

아그레스가 심호흡을 하더니 입을 다시 한 번 크게 쩌억 벌렸다.

"제길."

김춘추는 자그마하게 중얼거렸다.

그와 동시에 그의 주변을 둘러싸던 워터 실드가 그의 몸과 꼭 맞게 줄어들기 시작했다.

그것만이 아니다.

그는 마법으로 만들어 낸 워터 랜스를 들고 아그레스의 무시무시한 입속으로 전진했다.

쑤우욱.

크르르르릉! 크르릉!

김춘추가 아그레스의 입안으로 들어가자 그녀는 몹시 불쾌한 듯이 으르렁거렸다.

푹, 푹푹.

김춘추는 겁먹지 않고 워터 랜스를 들고 입안 구석구석을 쑤셔 댔다.

"나… 니… 오……."

아그레스가 얼얼한 혓바닥의 감촉에 열 받은 표정을 지으면서 말했다.

붉은 드래곤의 입속을 공격하는 김춘추 역시 죽을 지경

이었다.
 아무리 자신의 몸을 워터 월로 감쌌다고는 하나 타오르는 뜨거운 불길에 전신에서 땀이 치솟고 있었다.
 이대로는 그 자신이 곧 불에 타 죽으리라.
 아그레스 역시 마찬가지였다.
 그녀가 이대로 김춘추의 공격에 곧이곧대로 당할 리 만무다.
 다시 한 번 허파에 힘을 주었다.
 '위험해.'
 김춘추는 이대로 목구멍 안쪽에서 치미는 바람에 입 밖으로 튕겨 나가면 끝장난다는 사실을 잘 알고 있었다.
 '할 수 없지.'
 김춘추는 다시 한 번 자신의 몸에 전신 강화 마법과 한층 두꺼운 워터 월을 걸고는 뜨거운 바람이 치밀어 오르는, 불길이 치솟는 붉은 드래곤의 목구멍 속으로 뛰어들었다.
 슈우우욱.
 미끌미끌.
 생각보다 쉽게 드래곤의 목구멍에서 위로 빨려 내려갔다.
 위는 온통 오늘 아침에 먹었던 샌드위치와 스테이크 등이 잘게 부서진 형태로 위액에 둥둥 떠다니고 있었다.
 게다가 위 근육이 새로 들어온 음식물을 환영하면서 심하게 수축하고 있었다.

'이크.'

김춘추는 다시 한 번 힘을 주어 아래로 향했다.

위에 조금만 더 머물렀다가는 그 자신이 음식물 꼴 나기 때문이다.

위에서 십이지장이라 짐작되는 부근에 도달한 그는 그 자리에서 워터 랜스와 마법 검을 이용해서 신 나게 이곳저곳을 쑤셔 댔다.

아그레스의 화난 얼굴이 떠올랐지만.

"야, 인간! 좋은 말할 때 나와!"

아그레스가 복통에 비명을 지르면서 소리쳤다.

"목숨을 보장하면 나가죠."

김춘추도 역시 소리를 질렀다.

"감히 드래곤에게 거짓말을 하고도 살아 나갈 생각을 했단 말인가?"

"전 거짓말한 적 없는데요?"

김춘추는 아그레스의 말에 반문했다.

"……."

아그레스는 그의 말에 곰곰이 생각해 보았다.

김춘추가 딱히 자신에게 거짓말한 것이 없었다.

이름에 대해서는 꽤씸하기는 했지만 반지에 대해서 자신이 물어본 것도 아니었다.

심지어 다른 세계에 대해서 언급하지도 않았다.

"생각해 보니 그렇죠?"

김춘추가 이번에는 아그레스를 달래듯이 말했다.

"그, 그건 그러네."

"게다가 다음에 저랑 만나면 3일 동안 놀아야 하잖습니까? 이대로 죽이면 아쉽지 않겠습니까?"

사실 이런 제안을 하는 김춘추도 과연 이 제안이 통할까 싶었다. 이미 아그레스와 강제 동행을 하고 있는 터라 다음에 만나면 3일 동안 함께 놀아 준다는 약속은 사실상 무의미해 보였기 때문이다.

"어, 그러네."

아그레스는 눈이 동그래지면서 고개를 끄덕였다.

무료하고 긴 생애 동안 유희는 매우 특별한 즐거움이었다.

그리고 그 유희의 즐거움을 배가시켜 주는 것은 언제나 이런 인간이나 종족이었다. 아그레스는 지금 당장 이 인간을 죽이기보다 앞으로 즐기게 될 유희를 선택했다.

김춘추로서는 천만다행이 아닐 수 없었다.

"나와. 살려 줄게."

'이 제안이 통하다니.'

"알았습니다."

김춘추는 아그레스의 말에 대답하고는 마법을 이용해서 몸을 띄워 그녀의 입속에서 나왔다.

물론 아그레스가 자신의 몸 안에 있던 불길을 거둬 김춘추가 수월하게 나오도록 도와주기도 했지만.

"흥."

아그레스는 어느새 엘프의 모습으로 돌아가 있었다.

하지만 아직도 배가 따끔한지 인상을 썼다.

"괜찮으십니까?"

"너 같으면 괜찮겠어?"

아그레스는 투덜댔다.

"지금은 엘프 몸인데 드래곤 말투는 안 어울리십니다."

김춘추가 살짝 놀려 대듯이 말했다.

"아, 맞다."

아그레스가 금세 표정을 바꾸었다.

"소녀 아프옵니당."

"여기 지척이 다 약초네요. 적당히 포션 만들어서 들이켜시죠."

김춘추가 자신들의 주변을 가리키면서 말했다. 그동안 용병들과 숲 속을 헤매면서 꽤 많은 약초에 대해서 배웠다. 그런 것들을 포션으로 만들어서 용병들은 가지고 다녔다.

물론 정식으로 포션을 제조하는 자들에 비하면 허접할 수 있었지만 그래도 없는 것보다는 훨씬 낫다.

"만들어 주세여."

아그레스가 몸을 비비 꼬면서 말했다.

"아그레스 님에게 어울리는 포션을 만드는 방법은 모릅니다. 괜히 허접한 포션을 만들어서 혼나기 싫습니다."

김춘추가 딱 잘라 거절했다.

"칫, 하나 알려 줄게."

아그레스는 스스로가 포션을 만드는 게 귀찮은 건지, 아니면 김춘추의 대꾸가 재밌는지 드래곤만이 아는 고급 포션을 만드는 용언을 알려 주었다.

"용언이잖아요. 저 같은 인간이 어떻게 사용합니까?"

김춘추가 태클을 걸었다.

짝.

"아, 그렇구나!"

아그레스는 그의 말에 손바닥을 치고는 잠시 생각에 잠기더니 이내 말문을 열었다.

"이렇게 하면 되겠어."

그녀는 고급 포션을 만드는 용언을 인간 마법사에게 맞게 주문을 살짝 바꾸어서 가르쳐 주었다.

김춘추는 아그레스가 가르쳐 준 대로 약초들을 모으고 아공간에서 대충 아무 병이나 꺼내어 들고는 주문을 외웠다.

마법 주문이 끝나자 약초들이 사라지더니 이내 빈 병 안이 보라색 액체들로 가득차기 시작했다.

"내놔."

아그레스는 그렇게 말하고는 김춘추가 만든 포션을 뺏다

시피 해서 들이켰다.

"갸악, 누가 만들었는지 잘 만들었다."

그녀는 포션을 들이켜고는 만족스러운 표정을 지었다.

"어련하겠어요."

김춘추는 무심하게 대꾸했지만 속으로는 미소를 지었다.

어쩌다 보니 드래곤의 비법으로 고급 포션을 만드는 법까지 배우게 되었다.

이런 걸 보면 드래곤은 꽤 단순했다. 고급 포션을 만들면 지구에서나 판테온에서 꽤 큰돈을 벌수 있겠다.

"너 방금 나 단순하다고 했지?"

"단순하잖아요?"

김춘추가 별거 아니란 식으로 대답했다.

"앙, 그렇지. 나는 지금 단순한 엘프징."

아그레스가 금방 순응했다.

"빨리 산 정상에 데려다 주세요."

"왜?"

"거기에 세 번째 반지가 있을 것 같네요."

김춘추는 뻔뻔스런 얼굴로 말했다.

이왕 반지에 대해서 들킨 이상 미주알 고주알보다 그냥 자신의 목적만 얘기했다.

"아."

아그레스는 김춘추의 말에 고개를 끄덕였다.

그러고는 그를 단숨에 산 정상에 데려다 주었다.

이런 면에서 아그레스는 참 편했다.

단순히 마력이 강해서만이 아니었다. 반지가 어쩌고저쩌고 주구장창 변명을 할 필요가 없었다.

그런 면은 마음에 들었다.

하지만 반지의 주인 푸른 용과 이곳의 드래곤들 사이에 어떤 연결점이 있는 게 분명한데, 그 연결점에 대해서는 아그레스가 언급을 하지 않고 있었다.

마음 같아서는 묻고 싶었지만 아그레스가 자신에게 묻지 않는 것처럼 자신도 아그레스에게 물을 수가 없었다.

아니, 김춘추가 되레 궁금해질 지경이었다.

'알려 줄 만한 일이면 알려 주겠지.'

김춘추는 치밀어 오르는 호기심을 내리면서 생각했다.

그는 코러스 산 정상에 도착하자마자 다시 한 번 아름다운 산 정상의 광경에 눈이 휘둥그레졌다.

산 정상에는 커다란 호수가 있었다.

그곳에서 시원한 바람이 불어오고 있었다.

호수 주변은 널따란 초원이 펼쳐져 있었다.

초원에 나 있는 풀 한 포기 한 포기도 전부 최고급 약초들이었다.

물론 아그레스가 알려 준 고급 포션 만드는 기법으로 보통 약초도 그 능력을 배가시킬 수는 있다.

하지만 약초 자체가 갖는 효능의 한계는 존재했다.

그런데 이곳의 풀들은 전부 최고급 약초로 사용될 수 있었다. 마나가 잔뜩 머금어 있는.

아작아작.

김춘추는 풀 한 포기를 뽑아 들어 아무렇지 않게 씹었다. 달콤한 즙이 그의 입안으로 흘러들어 왔다.

그리고 풍부한 마나의 향이 느껴졌다. 몸 안에서 힘이 한층 돌았다. 고급 포션 따위는 만들지 않아도 충분히 이 자체로도 그 역할을 할 정도로 이곳에 나 있는 풀들은 매우 훌륭했다.

"멋지지?"

아그레스가 자랑스럽게 말했다.

"그러네요."

김춘추는 감탄하듯이 고개를 끄덕였다. 그러고는 재빨리 호수 쪽으로 다가갔다. 반지에게서 느낌이 왔기 때문이다.

저벅저벅.

그는 호수 안으로 거침없이 들어갔다.

푸욱.

차가운 호수의 물이 전신에서 느껴졌다.

'두려워하지 말자.'

김춘추는 입술을 꽉 깨물었다. 이제 겨우 세 발짝 내딛는데 벌써 호수 물은 그의 눈까지 닿았다.

"호오."

그 모습을 아그레스가 재밌게 바라보고 있었다.

스윽.

김춘추는 다시 한 번 발을 내디뎠다.

쏘옥.

그의 몸이 물속으로 깊이 빨려 들어갔다.

김춘추는 여전히 당황하지 않았다. 마법 역시 사용하지 않았다. 마법을 쓰면 안 될 것 같다는 느낌이 반지에서 왔기 때문이다.

'어딨지?'

그는 호흡이 답답해져 오는 것을 느꼈지만 연신 반지를 찾기에 바빴다.

이대로 반지를 찾지 못하고 나갈 수는 없었다.

영원히 판테온에 갇힐 테니.

그것은 정말이지 싫었다.

이후… 지성이면 감천이라고 했을까.

무엇인가 반짝거리는 것이 그의 눈에 보였다. 김춘추는 두 팔과 두 다리를 내저으면서 전속력으로 다가갔다.

반지다. 그가 끼고 있는 것과 똑같은 반지.

김춘추가 손을 내밀었다. 그러자 반지에서 물보라가 치밀더니 어느새 김춘추의 왼손 중지에 끼어 있었다.

'됐다.'

김춘추의 얼굴에서 환희의 빛이 떠올랐다.
그와 동시에 물속에서 숨쉬기가 좋아졌다.
마치 대기에 있는 것과 똑같은 느낌이었다.
아니, 그보다 더 가벼운 느낌이라고 할까.
김춘추는 느긋하게 호수 위로 올라갔다.
그러고는 왼손을 들어 보였다.
"축하해용."
아그레스가 웃으면서 말했다.
"덕분입니다."
김춘추는 하얀 이를 내보이면서 웃고는 호수에서 걸어 나왔다.
"그런데 쟤들 어떻게 할까용?"
아그레스가 김춘추를 보면서 물었다.
"쟤들요?"
김춘추는 아그레스의 말에 그녀의 시선이 머무는 곳을 바라보았다. 그곳엔 캘리 공녀와 루돌프가 무언가 열심히 의논하면서 있었다.
"왜 저러고 있죠?"
"쟤들 우리 근처에 있어."
아그레스가 말했다.
"그건 저도 압니다만."
김춘추는 고개를 갸웃거렸다.

이 근처라면 저들도 자신을 볼 수 있을 텐데.
그리고 이 넓은 초원의 진가를 알 수 있을 텐데.
그들의 행동은 매우 이상했다.
"여기… 아무나 오는 곳이 아니거든."
아그레스가 별거 아니란 식으로 말했다.
"아."
김춘추는 그제야 상황을 이해했다.
저들은 이곳을 발견 못하고 주변을 빙빙 돌고 있는 셈이었다. 그러다 지쳐서 계속 왜 그런지 이유를 찾고 있었고.
"어떻게 할까?"
아그레스가 재촉했다.
"뭘 어떡해요? 전 잠시 다녀올 테니 저들과 여기서 놀고 있으세요."
그렇게 말하면서 김춘추는 재빨리 아그레스에게 배운 포션 만드는 마법을 시현해서 몇 개의 포션을 만든 후 자신의 품 안에 넣었다.
"어… 엉, 너 뭐하니?"
아그레스가 김춘추의 얼굴을 쳐다보았다.
"세 번째 반지 찾았잖아요."
김춘추는 그렇게 말하고는 양손을 들었다.
아마 아그레스도 세 번째 반지의 의미를 모르지는 않으리라. 그와 동시에 3개의 반지에서 빛이 쏟아지기 시작했다.

아그레스는 그 광경을 넋 놓고 쳐다보고 있었다. 그동안 드래곤들 사이에서 말만 들었지 눈앞에서 이 광경을 보는 것은 처음이었다.

빛은 계속해서 번지더니 김춘추의 모습을 완전히 감쌌다.

팟!

빛이 사라지자 그 자리에는 김춘추의 모습도 찾아볼 수가 없었다.

'에잉, 심심해. 여기서 쟤들과 놀면서 기다려야지.'

아그레스는 속으로 투덜거리면서 캘리 공녀가 있는 쪽으로 향했다.

제7장

다시 지구!

우우우우우우웅우우웅.

모든 시공간이 틀어지는 것만 같다.

온몸이 가볍다가 무거워지기를 반복했다.

그리고 곧 처음보다 더 강한 힘이 무시무시한 힘으로 그를 빨아들였다.

마치 머리가 발끝으로 치닫는…

온몸의 세포가 찢겨 나가는 것만 같은 경험이었다.

곧 허공에 거대한 소용돌이와 함께 나선형의 원이 만들어졌고, 그 속에서 한 인간이 툭 튀어나왔다.

팟!

퍼덕.

김춘추의 몸은 그대로 바닥에 내팽개쳐졌다.

'제길, 또 이러네.'

김춘추는 온몸에 묻은 흙과 풀을 털어 냈다.

그래도 한 번 경험했다고, 이번엔 기절까지는 하지 않았다.

'얼마나 시간이 흘렀을까?'

자못 궁금하다.

다다다다닥.

김춘추는 빠른 걸음으로 관악산 아래를 내려갔다.

탕, 탕, 탕.

철컥.

"춘추야!"

이예화가 눈이 동그래지더니 이내 그의 가슴에 뛰어들었다.

"어… 어."

김춘추는 순간 황당했지만 이내 토닥여 주었다.

그녀의 반응으로 보아 틀림없이 지구와 판테온 간의 며칠 이상, 혹은 몇 주 이상의 시간은 흘렀을 것이라고 판단했다.

판테온에서 한 달 넘게 있었으니.

"일주일 동안 아무런 소식도 없다니. 너무해!"

이예화가 찔끔 눈물을 짜내면서 말했다.

"삼촌은?"

"누가 없으니 혼자서 동분서주 중이지."
"그렇군."
김춘추는 고개를 끄덕였다.
다행이다. 역시.
김한기, 티페우리우스 엘 칸이 있어서 내심 믿는 구석이 있었다.
자신이 사라지고 나면… 자세한 상황은 몰라도 그러면 자신이 올 동안 자신의 대리인 노릇을 충실히 하고 있을 것이란 생각을 했기 때문이다.
"할머니는 뭐라셔?"
"한기 삼촌이 뭐라고 하셨는지 크게 걱정하는 눈치는 아니더라."
"다행이군."
"어디 갔다 온 거야?"
"사업."
"말 못해?"
"사업이 점점 커져서 예전 같지 않을 거야."
"그렇군."
이예화는 고개를 끄덕였다.
예전 같으면 이틀 이상 집으로 돌아오지 못할 때는 식구들에게 꼭 알렸는데.
다소 아쉽긴 하다.

이번 경우 같은 일이 앞으로 계속 생긴다니.

하지만 사업이라는 게 그렇다는데 딱히 반박할 말이 없었다.

"그, 그런데… 사업하러 갔다 온 애가 옷차림은 왜 이래? 옷도 지저분하고……."

이예화가 실눈을 뜨면서 말했다.

'아차.'

"방금 산에 다녀왔어."

"흥, 우리보다 산이 더 좋구나."

이예화가 김춘추의 말에 삐진 표정을 지었다.

"잠시 생각 좀 하느라."

김춘추는 대충 말을 얼버무렸다.

'앞으론 옷들도 준비해 놔야겠군.'

'아차, 포션.'

그는 자신의 품속을 체크해 보았다.

그나마 다행이라고 해야 할까, 한 개의 포션이 남아 있었다.

다소 아쉽긴 했다.

'쩝, 장사 좀 해 볼까 했는데. 방법은 있겠지?'

김춘추의 눈빛이 예리하게 빛났다.

앞으로 그가 원하건 원치 않건 간에 네 번은 더 판테온에 오고 가야 한다.

천성이 사업가인 그로서는 단지 게임에 동참하기만을 위해서 판테온과 지구를 왕래하는 것은 그다지 흥미롭지가 않았다.

처한 상황을 그에게 가장 유리하게 바꾸는 것이 타고난 그의 장점이었다.

자의든 타의든 어쩔 수 없는 상황이라고 해도.

반지를 다 찾기 전에는 이 게임은 끝나지 않을 테니.

아직 의문은 많다.

반지부터 시작해서 시바 여왕, 전대 문지기 등등…

알면 알수록 더 복잡해 보였다.

'드래곤의 취미 한번 고약하군.'

김춘추는 머리를 한 번 흔들었다.

반지가 늘수록 제약이 점점 줄어드는 걸 보니 지금의 상황을 최대한 살리면 사업도 가능할 것이라고 보았다.

그는 희망의 끈을 놓지 않았다.

이번엔 1개의 포션만 가지고 왔지만 다음엔…….

마법 서클이 높아질수록 그 방법을 찾기도 쉬워질 것이다.

"도대체 어디 있었던 거야? 나 혼자서 얼마나 고생했는지 알아?"

김한기는 김춘추의 모습을 보자 제일 먼저 불만을 터트

렸다.

"덕분에 살았어. 할머니도 별다른 말이 없더군."

"호호호, 네 녀석의 기운이 감쪽같이 사라졌으니 오히려 별일 없을 것이란 생각이 들었지."

김한기는 스스로도 대견스러운지 뿌듯한 표정을 지었다.

김춘추가 감쪽같이 사라진 후, 그는 자신의 능력을 사용하여 그의 기운을 좇았다.

결론은 '이해할 수 없는 곳에 가 있다'였다.

다소 모호하고 이상한 결론이었지만 천계 출신의 그로서는 스스로의 결론을 납득하고 있었다.

더구나 김춘추의 신변에 변고가 생겼다면 김춘추의 할머니 박애자에게 신호가 왔을 것이다.

박애자는 모르는 일이지만.

예전에 김춘추가 부탁해서 그가 유전적으로 같은 사람들만이 연결할 수 있는 상호 위험 감응할 수 있도록 기운끼리 연결해 놓았기 때문이다.

김춘추의 사업이 점점 다각화됨으로써 할머니 박애자에게 혹여 나쁜 영향이 미칠까 염려해서 만들어 놓은 것이었다.

물론 이런 연결을 하지 않아도 사람들에게는 잠재적인 육감이 존재해서 사랑하는 사람들에게 생기는 변고를 알게 되기도 한다.

어쨌든 그것이 이렇게 유용하게 쓰이게 되었다.

다만, 벌여 놓은 사업들이 원활하게 돌아가기 위해서는 김한기는 몸이 10개라도 부족할 정도로 뛰어다녀야 했다.

김춘추는 그 답례 겸 자신이 처한 상황을 좀 더 파악하기 위해서 그간 겪었던 일을 말해 주었다.

"너만 갔단 말야?"

김한기는 그가 판테온에 다녀온 일을 몹시 부러워했다.

"갑자기 갔다 온 거라니깐."

김춘추가 고개를 저었다.

"진작 반지 얘기 좀 해 주지."

"그간 별일이 없어서."

"밤마다 시바 여왕인지 뭔지 하는 년과 그렇게 붙어먹고 서는 별일이 없었다고!"

김한기가 버럭 소리를 질렀다.

"붙어먹다니… 이상한 몬스터들에게 무방비한 상태로 노출됐는데."

"그게 그거지. 얼마나 재밌어!"

"그게 재밌다라? 접수했어. 반드시 그 상황을 만들어 주지."

김춘추가 씨익 웃으면서 말했다.

"그 말은 나도 판테온에 데려가 준다는 거지?"

"반지 몇 개 모으다 보면 가능할 것 같아."

김춘추가 확신에 차 말했다.

김한기는 김춘추의 손에 끼어 있는 반지를 바라보았다.

반지는 지구에 도착하자마자 3개에서 1개로 합쳐져 있었다.

"나한테 특별히 할 말은 없어?"

김춘추가 김한기를 뚫어지게 바라보았다.

"할 말? 부럽다!"

"아니, 그거 말고. 천계분이 이런 얘기 듣고서 할 말이 없냐고?"

김춘추의 말에 김한기가 어깨를 살짝 움츠렸다.

"뭘 숨기고 있지?"

"내가 뭘 숨겨. 천계 살았다고 다 아는 것도 아니고."

"신분이 꽤 높았다며?"

"높아도 각자 맡은 역할이라는 게 있거든."

"헛소리 말고 말해."

"……"

김춘추의 다그침에 김한기가 한숨을 쉬었다.

"사실은……."

"사실은?"

"일부 기억이 삭제됐다."

"기억 삭제?"

"내 주변 동료나 부하들은 알겠는데, 내가 도대체 왜 이곳에 왔는지 기억이 안 나."

김한기가 우울한 표정을 지었다.

'거짓말 같지는 않고.'

김춘추는 김한기의 얼굴을 살펴봤다.

그는 진실을 말하고 있었다.

하긴, 천계에서 모든 기억을 가진 채로 티페우리우스 엘칸을 쫓아내지는 않았으리라.

천계의 비밀을 발설하면 곤란해지니.

게다가 김춘추, 그 자신도 자신이 왜 윤회를 전부 기억하게 되었는지 기억조차 나지 않는다.

윤회의 그 시작, 그 시작의 사건을 기억하지 못한다.

끄덕끄덕.

"그 말 믿어."

"제길, 쪽팔리네."

김한기가 투덜거렸다.

김춘추에게 점점 자신의 약점을 드러내는 것 같아서였다. 그를 쫓아다니는 이유 중 하나가 자신이 돌아갈 방법을 찾을 수 있을 것 같다는 데서였다.

그런데 그 방법이 뭐지?

생각해 보니 딱히 모르겠다.

왜 쫓겨났는지. 다시 돌아갈 방법이 있다는 것은 아는데 그 방법이 뭔지.

꼬마 김춘추를 보았을 때 본능적으로 느꼈던 돌아갈 방법이라는 게, 지금 다시 생각해 보면 그 이유를 모르겠다.
그저 김춘추를 쫓아다니면 천계로 돌아갈 방법이 나온다는 것만 본능적으로 알 뿐.
뭔가 속이 알싸하게 썼다.
김춘추는 재빨리 화제를 전환했다.
"리디아 어딨지?"
"걔 요즘 바빠."
"뭐하는데?"
"그분을 찾는 데 단서를 찾았다나 뭐라나."
"무슨 단서?"
"경주 석굴암에서 차원을 이동한 흔적 같은 게 있나 봐. 리디아가 갖고 있는 아티팩트에 반응했대."
"경주는 어떻게 갔고?"
"예화랑 동자 녀석이 관광한다고 데려갔대. 거기서 아티팩트가 반응해서."
"예화는 집에 있던 게?"
"그러니깐 동자랑 리디아만 경주에 남았어."
김춘추는 김한기의 말에 머리가 아파 오는 것을 느꼈다.
동자에 대해서는 아직 충분한 조사를 할 시간이 없었다.
당장은 발톱을 내밀 것 같지 않지만 잠재적인 위협을 가진 존재였다.

그런데 그 동자와 경주에 있다니.

물론 리디아가 제 한 몸 지킬 능력이 있으니 걱정할 필요는 없지만.

'경주라…….'

김춘추는 잠시 고심했다.

리디아를 서울로 오게 할 것인지, 그 자신이 경주로 찾아갈 것인지.

시바 여왕과의 대화 이후, 그녀 이전 선대 문지기와 관련돼 있는 것을 안 이상…

그리고 자신 또한 4개의 반지를 찾기 위해서 반지를 완성해서 문지기가 되건 자유가 되건 간에 판테온에 대해서 자세히 파악해 두어야 한다.

리디아의 도움이 꼭 필요한 상황이었다.

게다가 그녀가 살았던 시대가 아닌가.

"경주로 간다."

"어, 안 돼!"

김한기가 소리를 질렀다.

"왜?"

"오성건설이 사우디에서 문제를 좀 일으켰어."

"지네들이 해결해야지."

"그렇긴 한데, 그쪽에선 왕자와 너에게 해결을 요구하고 있어."

"……."

"일단은 내가 너 오면 상의한다고 말해 두기는 했는데……."

"왕자님은?"

"아시안게임 재미나게 보다가 본국으로 끌려갔지."

"……."

김춘추는 이맛살을 찌푸렸다.

당장 경주 가기는 글렀다.

"리디아보고 서울로 오라고 할까?"

"일단 놔둬. 더 단서를 찾고 있으면 좋지. 5일 안에 우리가 경주 간다고 얘기해 둬. 계속 리디아와 연락하고."

"일주일밖에 시간이 없다고 했지?"

김한기가 부러운 표정을 지으면서 말했다.

"그렇다네. 지구의 시간으로 일주일 안에 안 가면 균열이 생긴다니 어쩔 수 없지. 정 부러우면 대신 가."

"약속했다. 대신 갈 수 있게 되면 내가 가마."

"얼마든지."

김춘추는 김한기를 보면서 웃었다.

정말 김한기가 대신 갈 수 있는 일이면 좋겠다.

✦ ✦ ✦

김춘추는 자신의 집무실, 책상 위에 가득히 쌓인 서류를 보고 한숨을 쉬었다.

 김한기가 제법 일을 많이 처리해 놓았을 것이란 기대감은 애초에 하지도 않았지만…

 생각보다 많긴 했다.

 '당장 급한 불은 껐으니 됐지.'

 김춘추는 서류 더미에서 오성건설에 관한 자료를 찾았다.

 '이런.'

 김춘추는 서류를 훑어보다가 자신도 모르게 눈살을 찌푸렸다.

 '결국 사람이 문제군.'

 한국에서처럼 주먹구구식의 건설사들 관행이 외국에서 통하지 않았다.

 아니, 통할 수가 없었다.

 자재비에서 단가를 후려치고, 감독자들이나 감사들에게 여자를 동원한 향응 등의 행동이 서류 위에 빼곡히 적혀 있었다.

 부끄러운 일이었다.

 '나도 경솔했어.'

 김춘추는 청와대에서 대통령과 오성, 미래 등의 총수들과 과거 나누었던 대화를 떠올렸다.

 무조건 대통령의 지시에 따라 각 그룹들과 먹이를 나눠 가졌다.

김춘추 역시 오성건설이 사우디아라비아의 수주를 따내도록 협력할 것을 지시받았고, 모종의 거래로 자신도 협력했으니 말이다.

지금의 상태로 다시 그때로 돌아간다면 자신은 절대 권력의 말이라도 무조건 수긍하지 않았을 것이다.

미래건설의 경우, 해외에서 평판이 높았고 중동 지방의 건설에 최적화되어 있는 등 추천의 문제가 전혀 없었다.

하지만 오성건설의 경우는 달랐다.

거의 국내 건설 위주로 하다 보니 해외 경험이 부족했다.

그런 상황에서 중동 지역의 왕자 사우디아라비아 수주를 맡다 보니 오성건설 관계자들이 사태를 파악하지 못하고 자만에 빠진 것이었다.

김춘추는 저절로 얼굴이 달아오르는 것을 느꼈다.

좋은 제품을 쓰기보다는 향락을 제공하는 것을 사업이라고 하다니.

'무함마드 왕자님이 난처하셨겠군.'

김춘추는 그길로 오성그룹을 찾아갔다.

가는 동안 비서를 통해서 총오너 이희철과 면담이 가능한지 알아보았다.

만약 이희철과의 면담이 무산된다면 그의 후계자 이수희라도 어떻게든 만나야 했다.

(만나시겠답니다.)

시청에 있는 오성 본사에 도착하기 직전, 차 안에 달린 카폰을 통해서 비서에게서 연락이 왔다.

"어디로?"

(장충동으로 오시랍니다.)

김춘추는 카폰을 통해 들려온 비서의 말에 만족스러운 빛을 띠었다.

오성그룹의 총오너 이희철이 자신을 직접 만나겠다는 것은 여러모로 의미가 있었다.

끼익.

방향을 돌려 차를 장충동 쪽으로 몰았다.

장충동 이희철의 저택, 저택 입구를 지나니 대리석으로 만든 분수대에서 시원하게 물이 솟구치고 있었다.

저택은 외부에서 보는 것보다 더 크고 으리으리했다.

"기다리고 계십니다."

검정색 양복을 쫙악 빼입은, 60대 초로의 비서실장이 그를 맞이해 주었다.

김춘추는 그를 따라 응접실로 향했다.

"어서 오게. 이 사람이 일어서지 못하는 것을 이해해 주게."

이희철이 휠체어 위에 힘겹게 앉아 있었다.

김춘추는 예를 갖춰 그에게 인사를 건넸다.

"안 그래도 이 사람이 죽기 전에 자네를 꼭 한 번 더 만나려고 했는데 이리도 와 주니 고맙네."
"좋은 일로 찾아뵀어야 했는데 죄송합니다."
"아직 수희가 제대로 못하지?"
이희철의 미간이 잠시 찡그려졌다.
"오성건설 사장 선에서 일 처리가 진행되고 있으니 반드시 부회장님이 잘못한 것이라고 할 수는 없습니다."
"아니야. 사람을 제대로 쓰지 못하는 것 자체가 그룹의 대표로서 실수한 거야."
이희철은 그리 말하고는 김춘추를 바라보았다.
"자네도 이미 내 아들이 잘못했다고 생각하고 있지? 이 늙은이 기분 좋으라고 말 돌리려고 하지 않아도 돼."
"……"
김춘추는 이희철의 말에 살짝 놀랬다.
자신의 속내를 훤히 꿰뚫어 보는 발언이었기 때문이다.
이희철의 말대로 어떤 일이, 아주 말단에서 벌어진 잘못이라도 해도 명백히 그룹 내의 모든 일은 그룹의 총책임자가 지어야 한다.
그것이 총책임자라는 자리 위에서 살아가는 법이니깐.
"그럼에도 수희보다는 나에게로 왔지."
이희철은 김춘추의 속을 훤히 알고 있다는 듯이 말했다.
"그렇습니다."

김춘추는 이희철의 말에 수긍했다.

"왜지?"

이희철이 물었다.

사우디아라비아에서 일어난 클레임은 이수희도 알고 있는 사안이었다.

오성건설의 사장이 책임지고 사태를 해결한다고 해도 그룹 오너 대행이자 부회장인 이수희가 모르는 사안은 아니었다.

"부회장님께서는 지금 다른 일에 몰두하고 계시니 아무래도 제가 원하는 만큼의 대책을 세우기는 어렵다고 보았습니다."

"솔직해서 좋군."

"……."

"그래도 이 사람을 봐서 내 아들을 이해는 해 주게. 자동차 산업은 내 대부터 이어진 숙명이네. 우리 오성가의 사내들은 타고난 스피드광들이지."

이희철은 회한에 젖은 눈빛으로 말했다.

그렇다고 그가 김춘추 앞에서 아들을 변론하기 위해 꺼낸 말은 아니었다.

나이가 들고 죽을 때가 되어 가니 가슴속에 있던 말들이 어느 한순간에 그냥 터져 나올 때가 있었다.

지금이 딱 그랬다.

그는 의도치 않았지만 김춘추 앞에서 그런 자신의 감정을 드러내고 있었다.

"들었습니다."

"과거 뼈아프게 미래에게 자동차 산업에서 밀렸지만 이번엔 기필코 따내려고 한다네."

오성그룹 부회장 이수희의 야망, 아니 오성가의 대를 거친 야망은 이미 재계에 공공연하게 다 알려진 일이었다.

김춘추는 이희철의 말에 냉정한 어투로 물었다.

"오성건설을 다른 그룹에 넘길 생각입니까?"

"그건 아니지."

이희철이 고개를 저었다.

"오성건설이 앞으로는 해외에서 발을 빼는 겁니까?"

"그것도 아니지."

"그럼 답이 나왔군요."

김춘추가 낮게 말했다.

이희철이 그런 김춘추를 지그시 바라보다가 입을 뗐다.

어린 친구가 제법이었다.

"제대로 일을 해라 이건가?"

"부회장님 선에서 일을 처리할 수 없다면 회장님이 해 주십시오."

"무함마드 왕자, 친구 때문인가?"

"솔직히 그렇죠. 제 친구가 저 때문에 오성건설에게 수주를 준 것과 같은 맥락입니다. 물론 앞으로는 목에 칼이 들어와도 제가 보기엔 적격 미달인 곳은 도와주지 않을 겁니다."

"단단히 화가 났군."

"제 입장이라면 똑같이 하셨을 겁니다."

"그렇겠지."

"그룹 회장 차원에서 공식적인 사과와 건설 현장에 있는 모든 자재들과 창고에 있는 모든 자재를 최고급으로 바꾸어 주십시오. 물론 향응을 제공한 직원들의 징계뿐 아니라 오성건설 사장단에 대한 전면적인 자질 검사도 요구합니다. 그리고……."

이희철이 김춘추의 말을 중간에 가로챘다.

"상당한 비용이 들 텐데."

"그나마 기초를 막 세우기 시작한 상태에서 클레임이 들어왔으니 다행이지, 건물이 올라갔으면 어쩔 뻔했습니까? 오성건설에게 큰 타격을 주었을 겁니다. 그래도 초기에 발견된 것에 대해서 제가 보기엔 무함마드 왕자 측 사람들에게 백 번 천 번 감사를 해도 모자를 판국입니다."

"그 친구도 부하들을 꽤 잘 뒀군."

"그게 당연한 겁니다, 향락에 응하지도 말고 제공하지도 않는 것이."

김춘추가 딱 잘라 말했다.

"그게 요즘 시대의 사업 방법인가?"

이희철이 되물었다.

사실 그가 살아왔던 시대는 이런 방법들이 통했다.

최대한 이윤을 남기기 위해서라면 큰 문제가 없어 보이는 선에서라면 자재의 단가나 질을 낮추는 것도 서슴지 않았다.

단지 오성건설만의 문제는 아니었다.

다른 사업 분야에서도, 오성그룹이든 여타 그룹이든 기업이든 이런 방법들이 당연시됐다.

거기에다 정경유착이 필수적이다 보니 정치권의 알력 또한 무시할 수가 없었다.

"앞으론 더욱 투명한 기업 운영이 요구될 겁니다. 지금처럼 회계 장부를 조작하고 이중장부를 두는 것이 가능한 시대는 종말을 고하게 될 것입니다. 우리나라에서도 언젠간 금융실명제가 도입될 것입니다."

"금융실명제라……."

이희철이 묵묵히 생각에 잠겼다.

현 정권 아래에서 이뤄질 일은 아닌 듯싶었다.

하지만 민주화에 대한 국민의 뜨거운 항쟁과 연일 데모가 벌어지고 있는 상황이니 그 미래가 어떻게 될지는 장담할 수 없다.

하지만 김춘추의 말을 무시할 수가 없었다.

"그룹은 10년이 아닌 100년 앞을 준비해야 한다고 봅니다."

김춘추의 말이 그의 귓가를 후벼 팠다.

이희철은 고개를 끄덕였다.

죽을 때가 되어서 제대로 된 미래의 인재를 만난 셈이었다.

좀 더 일찍 만났더라면 자신의 운명이나 자신의 그룹은 어떻게 됐을까. 아니, 이 시대가 어떻게 변했을까 하는 궁금증마저 일어났다.

지금 그의 눈앞에 있는 젊은이는 타고난 천행인 장애를 딛고 일어선 것만이 아닌 시대의 운명마저 거스르고 있었다.

이 시대는 그가 뚫고 일어섰던 귀머거리, 벙어리의 시대였다.

"훌륭하군. 자네는 자신의 장애뿐 아니라 이 나라의 장애조차 벗어 내던지려고 하고 있군."

이희철이 말했다.

"글쎄요, 그렇게 거창하게 생각해 본 적은 없습니다. 지금 시대는 대한민국이 군사정권 아래에 있든지 없든지 상관하지 않습니다. 글로벌 세계니깐요."

"글로벌 세계라……."

"다른 나라들은 우리나라가 어떻다고 봐주지 않습니다.

점점 더 그렇게 되겠지요. 이미 인터넷의 도입이 빠른 속도로 전 세계에 확산되고 있지 않습니까? 사실 그리 거창하게 말할 것도 없습니다. 사우디아라비아에서 일어난 이 부끄러운 일은 두고두고 오성건설의 약점이 될 겁니다."

"……."

"제 친구를 위해서냐고 하셨죠? 저는 제 친구를 위해서라고 대답했습니다. 하지만 회장님은 회장님과 그룹을 위해서 하셔야 합니다."

김춘추는 딱 잘라 말했다.

이희철은 그와 대화할수록 점점 더 흥미로움과 함께 좀 더 살았으면 하는 바람이 강해졌다.

다 살았다고 생각했다.

아들에게 명목적인 회장 직위만 물려주지 않았을 뿐.

그런데 김춘추의 열변에 그가 그리는 세상을 보고 싶다는 열정이 치솟았다.

"더 살고 싶군."

이희철은 중얼거렸다.

"……."

김춘추는 뜬금없는 이희철의 말에 잠시 숨을 가다듬었다.

하지만 그 말은 그가 예상하는 오늘 만남에서 일어날 수 있는 변수 중 가장 반가운 변수이기도 했다.

"자네가 그리는 세상에 나도 동참하고 싶다는 뜻이네."

이희철은 그렇게 말하고는 살짝 민망한 표정을 지었다.

이제 죽을 때가 다 된 늙은이가 망령된 말을 하는 것 같았기 때문이다.

하지만 젊은이의 열정은 다 식어 간 늙은이의 가슴에 불을 지펴 놓았다.

"내 직접 사과함세. 처음부터 다시 시작하라고 지시하겠네."

이희철이 말했다.

"부회장님이 직접 사우디아라비아에 가셨으면 합니다."

김춘추가 한 치의 양보도 없다는 듯이 말했다.

"수희가 갈까?"

"그래서 회장님을 방문한 겁니다. 분명 부회장님은 다른 일에 열중하시느라 지금 몸이 10개라도 부족할 테니깐요."

"우선순위에서 밀리겠지."

이희철은 안 봐도 뻔히 알겠다는 듯이 말했다.

오성건설 사장을 사우디아라비아에 보내는 것으로 일을 마무리 짓겠지.

"그리고 부회장님이 당분간 그곳에서 건설 현장을 감독하셨으면 합니다."

"이런."

이희철이 김춘추의 요구에 입을 딱 벌렸다.

가뜩이나 바쁜 수희가 사우디아라비아에 가는 것도 시

간을 빼기 어려울 텐데, 거기서 건설 현장을 죽치고 감독하라니.

어디 가당키나 한 일인가.

어린 것이 오냐오냐해 주니깐 도를 넘는 요구를 해 오고 있었다.

"이번 일을 제대로 마무리 짓지 못하면 오성건설이 앞으로 해외 수주를 따내기는 어려울 겁니다."

김춘추가 딱 잘라 말했다.

"협박인가!"

이희철의 목소리가 한층 높아졌다.

좀 전까지 김춘추의 미래를 보고 싶다는 생각을 했던 그였다.

하지만 그의 도를 넘은 요구에 자신도 모르게 화가 치밀었다.

"협박이 아닙니다. 상황이 그렇다는 겁니다."

김춘추는 흔들림 없는 태도로, 냉소적으로 계속 이어 말했다.

"과거처럼 해외에서 주먹구구식 사업은 안 통할 겁니다. 미래건설이 왜 미련하게 자신들의 마진폭을 줄여서 자재의 질을 더 높일까요? 지금 오성건설의 실수는 나아가 미래건설뿐만 아니라 대한민국의 건설에 대한 이미지를 실추시키는 겁니다."

"젊은 것이 오냐오냐했더니."

"그나마 회장님은 제 말을 들으실 귀가 있을 줄 알았습니다. 그러니 지금까지 제 얘기를 듣고 계시는 거겠죠. 안 그랬다면 벌써 저를 내쫓았을 수도, 아니 애초에 만나려 하지도 않았겠죠. 제 방문의 목적을 잘 아시니."

김춘추가 이희철의 얼굴을 똑바로 보면서 말했다.

"……."

"한번 들킨 것을 대충 눈에 보이는 정도의 포장으로 넘어가면 되겠지… 이런 태도는 곤란합니다. 글로벌 시대에서 한번 망친 이미지를 회복하는 데는 꽤 시간이 걸립니다. 100년의 미래를 생각하신다면 이번 사건을 확실하게, 장기적으로 보상한다는 태도를 보여 주십시오. 그래야 사우디아라비아뿐 아니라 다른 나라에서도 수주를 받을 수가 있을 겁니다."

"너무 일을 확대 해석하는 거 아닌가?"

이희철의 목소리가 어느새 침착해졌다.

"이건 확대 해석, 오버 보상… 뭐라고 지적해도 상관없습니다. 이 정도는 해 주셔야 앞으로 오성건설이 해외로 뻗는 데 있어서 발목을 잡지 않을 테니까요."

"무함마드 왕자가 그렇게 말하던가?"

"아직 무함마드 왕자님과 연락은 하지 않았습니다. 친구라는 이유로 무리한 부탁을 한 제 잘못이지요. 이쪽에서 일을 매듭짓고 연락을 하는 게 도리라고 생각합니다."

김춘추는 아랫입술을 깨물었다.

"음……."

이희철은 잠시 생각에 잠겼다.

김춘추의 말이 하나에서 열까지 틀린 것이 없었다. 다만 그동안의 관행이 그랬을 뿐.

오성건설이든 다른 건설사이든 해외에서도 그런 일은 비일비재했다.

사실 오성건설 측에서는 재수가 없었다는 식의 여론도 있었다.

게다가 사우디아라비아, 국가 단위에서 항명해 온 것도 아니었다.

물론 수주를 준 측이 사우디아라비아의 국영 기업이니 정부가 모를 리는 없다.

그들도 적당히 봐주고 있는 면도 없지 않았다.

이 사태는 어찌 보면 김춘추의 친구라는 무함마드 왕자와 그 측근들이 모든 일을 철저히 감시하다 보니 드러난 일이었다.

게다가 왕실 왕자들 간의 권력 다툼으로, 비리를 발견한 당사자인 무함마드 왕자 측이 되레 밀리고 있었다.

돈을 받은 자신들보다 애초에 이런 기업체에 수주를 준 당사자가 더 나쁘다는 식으로 나오고 있었으니 말이다.

"이 늙은이가 갈 수만 있다면 얼마나 좋겠는가."

이희철이 중얼거렸다.

바쁜 아들, 수희를 대신해서 그가 가는 것만으로도 어찌 보면 아픈 몸을 이끌고 오성그룹의 총오너가 사우디아라비아에 나타난다면 그쪽에서도 일은 금방 가라앉으리라.

보상도 보상이거니와 오성그룹에서 보여 준 태도만으로도 어느 정도 비난을 면할 수가 있었다.

"……."

김춘추는 그런 이희철의 말을 흘려듣지 않았다.

사실 가장 좋은 해결책이긴 하니깐.

이희철이 사우디아라비아에 간다면 오성그룹 차원에서도 전폭적인 지원을 해 줄 수밖에 없다. 그리고 그쪽에서도 더는 무함마드 왕자를 몰아세우지 못할 것이다.

아직 건설은 초반인 데다 애초에 비리들을 적발한 측도 무함마드 왕자 쪽이니 말이다.

게다가 그들 중 비리가 없는 인물은 없을 터.

김춘추는 사우디 왕실에서 가장 청렴한 사람이 자신의 친구 무함마드 왕자라는 것을 잘 알고 있었기 때문이다.

'포션을 쓸까?'

김춘추는 품 안의 포션을 떠올렸다.

이희철은 지금 폐암 말기.

최고급 의료 시설로 인해서 목숨을 연장하면서 살아가

고 있다.

 고급 포션, 그것도 드래곤이 알려 준 마법으로 만들었을 뿐만 아니라 코러스 산 정상에 나 있는 최고의 약초로 만든 포션이니 적어도 생명 연장은 가능할 것으로 보았다.

 김춘추는 이희철의 몸 주변에 보이는 희미한 생기를 보았다. 저 정도의 생기라면 아무리 길게 잡아도 1년도 어림 없는 수치였다. 이희철이 언제 죽어도 이상할 게 전혀 없는 상황이다.

 '이 기회에 한번 테스트 해 보자.'

 김춘추의 눈빛이 빛났다.

 "방법이 아주 없는 것도 아닙니다."

 "무, 무슨 말인가?"

 이희철이 김춘추의 말을 이해하지 못하고 물었다.

 하지만 그의 눈빛에서 기묘한 빛이 출렁거리기 시작했다.

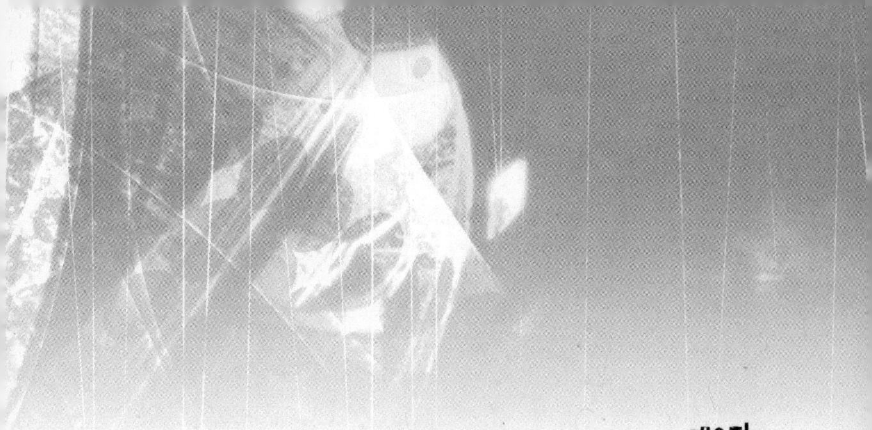

제8장

불가사의

"만일 가실 수 있게 된다면 오성건설이 시행하고 있는 사우디 측 건설을 직접 현장에서 총지휘하시는 겁니다."

"이 늙은이의 몸이 그 무더운 사막을 버틸 낼 수만 있다면……. 허허, 난 의사에게 선고받은 몸일세. 앞으로 몇 개월을 더 살게 될지. 하지만 자네 말대로 내가 더 살 수만 있다면 기꺼이 그러지."

이희철이 고개를 끄덕이면서 말했다.

그의 눈빛이 희망으로 출렁거리고 있었다.

그는 김춘추에게 무언가 한 수가 있지 않을까 생각했다.

김춘추가 멀쩡해진 신체로 그의 앞에 나타났을 때, 그의 미래가 그룹에 위협이 될 것인가를 놓고 고심하기는 했다.

하지만 그보다 더 관심 있던 것은 어떻게 신체장애를 극복할 수 있게 되었냐는 점이었다.

점술사 박용찬을 서울로 은밀히 부른 이유도 그러한 이유였다. 아직까지 그에게서 그 해답을 찾지 못했다는 답변 외에는 들은 게 없었다.

"다시 한 번 말해 보게. 무슨 뜻으로 이 늙은이에게 그런 말을 했나?"

"박용찬과 동자승 아미를 만난 적이 있습니다."

"들었네."

"그도 솔직하게 묻더군요. 제가 어떻게 회복된 거냐고."

"그의 점괘로도, 아미의 능력으로도 알아내지 못했으니 단도직입적으로 물어본 게지."

"박용찬과 아미의 뒤에는 회장님이 계시겠죠."

"그러네. 추잡스러운 일인 건 인정하네. 살 만큼 살면 목숨에 미련이 없을 거라고 생각했는데 그게 아니더군."

"……."

"자네 뒤를 탁탁 뒤진 것도 인정하네. 병원 진료 기록도 없고 아무것도 찾아낼 수가 없었다는 것도. 어떻게 자네의 천형을 이겨 냈는가?"

이희철이 열망 어린 얼굴로 김춘추를 바라보았다.

"사실……."

"사실……?"

이희철은 김춘추의 말에 마른침을 삼켰다.
"믿지 못하실 겁니다."
김춘추가 일부러 뜸을 들였다.
"아, 아니네. 나같이 오래 인생을 살다 보면 세상에 별 게 다 있다는 것을 깨치게 되지. 반드시 눈앞에 보이는 것만이 전부가 아니란 것도 알게 되고."
"역시, 회장님은 이해하실 줄 알았습니다."
김춘추가 빙그레 웃었다.
제대로 넘어왔다.
"티벳에 간 적이 있습니다."
"티벳?"
이희철이 김춘추의 말에 고개를 갸웃했다.
"아주 오래된 동굴을 우연히 방문했습니다."
김춘추는 황금여명회의 도서관에서 보았던 '티베트의 신화'라는 책을 떠올리며 적당히 각색해서 말했다.
"흰 수염 달린 얼굴 하얀 자라……?"
"그자가 자신의 수발을 들어주던 티베트 여인이 쓰러지자 포션 같은 것을 주어 마시게 했다고 합니다. 그 덕에 여인은 살아났고요."
"그 말을 하는 이유는 뭔가?"
"지금 제 말을 믿으십니까?"
"아까도 말했지만 믿네."

"좋습니다. 그자의 포션이 정말 아주아주 우연히도 제 손에 들어왔습니다."

"뭐, 뭣이라!"

이희철이 자신도 모르게 휠체어에서 일어서려고 했다. 하지만 그의 몸은 곧 휠체어에 주저앉았다. 혼자의 힘으로 일어서는 것조차 쉽지 않기 때문이다.

"저는 그것을 마시고 신체의 굴레에서 벗어났습니다."

"나, 남았는가?"

이희철의 목구멍에서 꿀꺽거리는 소리가 들렸다.

"그렇습니다. 다행히 저의 경우는 어릴 때여서 그런지 조금만 마셔도 금방 효과가 있었습니다."

"오."

"제가 이런 말씀을 드린다고 해서 회장님께 포션을 그냥 건네 드리지는 않을 겁니다."

"그건 나도 아네. 얼마면 될까?"

"음……."

김춘추는 품 안에서 아주 작은 병을 하나 꺼냈다.

판테온에서 지구로 건너오느라 겨우 한 병밖에 남지 않았기 때문에 일부러 작은 병으로 소분해 놨다.

"이 병은 아까 약조를 지킨다는 의미에서 그냥 드리지요. 제 말이 진짜인지 아닌지 직접 경험하셔야 할 테니깐요. 저는 지금 드리는 이 포션의 양보다 열 배쯤 많이 갖고 있다는 것을 알아 두십시오."

 김춘추는 그 말과 함께 이희철에게 포션을 넘겼다.

 이희철은 떨리는 손길로 단숨에 그것을 마셨다.

 그 광경만 봐도 그가 김춘추의 말을 완전히 신뢰하고 있다는 것과 삶에 대한 애착이 얼마나 강한지를 보여 주고 있었다.

 이희철은 평생 점술가를 달고 살아온 인물이었다.

 그것만 봐도 그가 보이지 않는 세계에 대한 신뢰가 얼마나 강한지. 보통 사람들과는 다르다는 것을 알게 해 준다.

 그런 점이 김춘추가 모험을 건 이유이기도 했다.

 "오… 오……!"

 이희철의 입에서 환호성이 절로 새어 나왔다.

 포션을 들이켜자마자 그의 오장육부에서 무언가 맑은 기운들이 쏟아져 그의 전신을 휘어잡고 있었다.

 기분이 좋다.

 정신이 맑아진다.

 벌떡.

 이희철은 자신도 모르게 휠체어에서 일어났다.

 좀 전에 혼자 일어서려다 주저앉았는데 지금은 그 적은 양의 포션만으로도 일어섰다.

 어디 그것뿐인가.

 저벅저벅.

이희철은 한층 가벼워진 발걸음에 자신도 모르게 응접실을 걸었다.

"믿을 수가 없네!"

이희철이 기쁨에 겨워 소리를 질렀다.

똑똑.

응접실 너머로 비서실장이 급히 모습을 나타냈다.

"회장님, 무슨 일 있습… 어, 어… 회장님……!"

비서장의 두 눈이 동그래졌다.

그는 달려가 이희철을 부축하려고 했다.

"아니네. 날 놔두게."

"흥분하시면 안 됩니다!"

"흥분이 아니네. 자네는 내가 부를 때까지 들어오지 말게."

이희철은 비서실장이 요란을 떨자 쫓아내 버렸다.

아무래도 김춘추가 편안히 그에게 말을 하려면 다른 사람의 이목이 불편할 것이란 것쯤은 알고 있었다.

그리고 아직 그의 몸은 완쾌된 것이 아니니.

"겨우 이 한 병만으로도 이렇게 활력이 넘치는데……."

이희철이 미련이 가득 남은 얼굴로 김춘추를 바라보았다.

갖고 싶다.

그 나머지들을.

전부.

그것들만 있다면 아들 이수희가 오성자동차 산업에 전력을 쏟을 동안 자신은 기존 사업들을 더욱 튼튼한 반석에 올려놓을 시간을 벌 수가 있다.

"조건을 말하게."

이희철은 김춘추에게 물었다.

두 사람 다 사업가이니 에둘러 말을 돌릴 필요가 없었다.

"오성항공의 지분을 전부 넘겨주십시오."

김춘추가 빙그레 웃으면서 말했다.

그의 생각보다 쉽게 일이 잘 풀려 가고 있었다.

하지만 방심은 금물.

상대는 산전수전 다 겪은 대한민국 최고의 그룹 총오너가 아닌가.

"오성항공? 이미 군수업체를 갖고 있지 않은가?"

이희철의 눈빛이 예리하게 빛났다.

포션을 먹은 덕에 그의 말투에서는 힘이 넘치고 있었다.

"대한테크윈은 시장 점유율이 30퍼센트밖에 안 되죠. 오성항공은 80퍼센트에서 50퍼센트로 추락했다고는 하나 그것은 인위적인 조정 때문이었고."

"그렇긴 하네만."

"오성항공이 가지고 있는 모든 것을 전부 넘겨받고 싶습니다."

"내가 쉽게 군수산업을 포기할 것처럼 보이는가?"

"글쎄요… 다른 산업들에 더 몰입할 시간이 생기니 오성항공을 포기함으로써 그보다 더 얻을 수 있다면 그러지 않을까 싶습니다."

"음… 어렵네. 군수산업은 지금보다 앞으로 더욱 괄목할 성장을 하겠지. 자네 같은 사람이 굳이 오성항공을 노리는 이유도 그럴 거고."

"그렇겠죠. 마찬가지 이유로 회장님은 지금 유일하게 오성항공의 지분만 아직도 가지고 계시죠. 게다가 딜레마도 있지 않습니까?"

"내게 딜레마가 있다고 보는가?"

"첫째 아들에 대한 미안함. 그리고 삼남만큼 똑똑한 장녀. 이런 상황에서 부회장님께서 과연 총오너 자리를 탄탄하게 획득할 수 있을지. 그러다 보니 제일 제당 등 기타 기업들은 분리를 하셨는데 오성항공만 처치 곤란한 상태로 어정쩡하게 갖고 계시지 않습니까? 마음 같아서는 첫째 아들의 자식에게 넘기고 싶지만 그의 경영 능력이나 나이가 아직까지 감당할 수는 없을 것 같고, 부회장님은 여러모로 지금 바쁘시니 오성항공을 제대로 건사하는 것만 해도 다행이고. 그리고 다른 자녀들은 오성항공을 탐내고 있고. 누구에게 주어야 할지 아직도 결정 못하시고 계신 것 다 압니다."

"그건 인정하네. 그렇다고 외지인인 자네에게 넘기겠는가?"

"제 조건을 들어 보시고 결정하시죠."

"말하게."

"주식 1.2배 보상, 향후 10년간 군수산업에 오성그룹이나 오너 가족들 그 누구라도 발을 들이지 말 것. 이게 제 조건입니다."

"10년간 발을 들이지 말라."

이희철이 중얼거렸다.

김춘추의 말을 역으로 뒤집으면 10년 후 다시 군수산업에 오성그룹이 뛰어든다고 해도 무관하다는 뜻이다. 아직까지 대한민국 내 군수산업은 낮은 성장을 보이고 있다. 하지만 그 장래는 선진국의 선례를 보아 희망적이었다.

그러니 나중 오성그룹이 재정비를 하고 다시 뛰어들어도 늦지는 않았다.

게다가 지금은 저 젊은이가 청운의 뜻을 품고 군수산업에 전력한다고는 하지만, 군수산업이란 게 단기간에 성과를 보이는 산업이 아니니 오히려 제풀에 나가떨어질 수도 있게 된다.

만일 그렇게 된다면 그대로 집어삼킬 수 있으니 오히려 손 안 대고 코 푼 격이 될 수도 있다.

미래는 모르는 법이니.

김춘추는 부표정한 얼굴로 이희철을 바라보았다.

그는 앞으로 미래 산업 가치를 군수산업으로 보고 있었

다. 아니, 판테온을 다녀온 이후로 더욱 이 분야를 키워야 겠다는 판단을 했다.

 물론 대한테크윈이 있었지만 아무리 시장 점유율 30퍼센트라고 하지만 그것만으로는 부족했다. 오성항공이 가지고 있는 설비와 인력 등을 보면 여러모로 비교가 안 되기 때문이다.

 그렇게 오성항공처럼 대한테크윈이 갖추어 나가려면 시간이 걸려도 너무 걸린다. 차라리 오성항공을 매수해서 대한테크윈과 합병시키는 쪽이 낫다.

 그러나 오성항공의 지분은 이희철이 전부 장악하고 있었다. 그것이 행운으로 변했다.

 혹시… 하던 기대감이 현실로 벌어지고 있었다.

 포션이 제대로 그 역할을 해 주고 있었다.

 이희철은 이희철대로 고심에 빠졌다.

 김춘추의 말대로 오성항공은 그에게 있어서 아주 큰 고민거리였기 때문이다.

 차라리 지금은 그에게 팔아넘기고 그 돈을 이사현 등 손주들에게 나눠 주는 것이 나을지도 모른다는 생각에 미쳤다.

 그리고 김춘추가 언젠가 제풀에 떨어져 나갈 때 다시 오성항공을 장악하면 그만이었다.

 물론 말처럼 쉬운 것은 아니다.

'내가 포션을 탐낼 것이란 것도 알고 있었고. 이 모든 것이 그의 계획대로 되어 가고 있겠지.'

이희철 역시 김춘추의 속을 꿰뚫고 있었다.

서로가 서로의 속을 훤히 보면서도 고심하는 척했다. 결국 서로에게 이득이 되는 거래였다.

이희철은 고민거리를 해결하는 동시에 생명 연장이 가능한 포션을 얻게 된다.

김춘추는 오성항공과 함께 사우디아라비아의 분쟁이 해결되니깐 말이다.

"좋네, 그 포션이 날 사우디아라비아로 데려가 준다면 기꺼이 하겠네."

결심한 이상 계속 뜸을 들일 필요는 없었다.

이희철은 그렇게 말하고는 곧바로 비서실장을 불렀다.

김춘추는 고개를 끄덕였다.

확실히 이희철은 왕회장답다.

나머지 포션을 요구하는 대신, 그는 먼저 오성그룹과 자신이 갖고 있는 오성항공의 지분을 전부 김춘추에게 넘겨준다는 계약서를 비서실장을 시켜 작성케 했다.

비서실장은 이 모든 상황에 대한 영문을 몰라 심히 걱정하는 눈치였다.

왕회장님이 죽을 때가 되어서 판단을 세대로 못할까 하는 생각에서였다.

불가사의 • 233

김춘추 역시 즉석에서 회사에 연결해서 이희철이 알려 준 계좌로 돈을 이체시켰다.

"미리 이럴 줄 알았는가?"

"글쎄요. 기대는 했지만 이렇게 될 줄 알았다고는 말씀드리지 못하겠습니다."

"이제 내놓게."

이희철이 기대감에 찬 얼굴로 말했다.

"여기 있습니다."

김춘추가 내미는 3개의 작은 병을 왕회장은 소중하게 받아 들었다.

"얼마나 살게 될까?"

"글쎄요. 포션이 아무리 뛰어나다고 해도 하늘이 정해 준 천명을 거르지는 못하겠죠. 포션은 아픈 곳을 치유하고 힐링하는 능력을 가진 것뿐이니."

"그렇겠지. 그래도 조금은 더 살겠지."

"건강하게 하늘이 정해 준 천명까지 살다 가시도록 도와주기는 할 겁니다."

"그 여인네는?"

이희철이 미련을 갖고 물었다.

"신화는 신화일 뿐이니깐요."

"그래, 그렇겠지."

이희철은 고개를 끄덕였다.

하지만 그의 심장은 아주 거세게 뛰고 있었다.

김춘추도 그것을 알기에 짐짓 포션의 가치를 너무 크게 확대하려고 들지 않았다.

'어떻게 될까?'

김춘추 역시 궁금했다.

이 포션의 효과가 그에게 어떤 결과를 가져다줄지.

아그레스의 용언이 담긴 마법으로 만든 것이지만, 판테온이 아닌 지구에서 얼마나 효과를 보게 될지는 미지수였다.

어떻게 보면 이희철은 김춘추의 실험 대상 역할이었다.

하지만 이희철이 이것을 알 리가 없었다.

어차피 둘 다 사업상 손해 보는 거래는 없었다.

김춘추로서는 얼마든지 코러스 산 정상만 가면 만들어낼 수 있는 포션으로 오성항공을 손에 쥐게 된 셈이었다.

꿀꺽.

꿀꺽.

꿀꺽.

이희철은 포션 3병을 단숨에 들이마셨다.

김춘추의 얼굴에서도 긴장의 빛이 떠올랐다.

❖ ❖ ❖

'포션이 지구에서도 제대로 작용하는군.'

김춘추는 자신의 사무실에서 오성그룹 총오너 이희철의 저택에서 있었던 일을 떠올렸다.

결과는 대성공.

이희철의 창백한 안색은 생기를 되찾았다.

김춘추가 보기에도 이희철의 몸 주변에서 보이는 생기도 한층 짙어졌다. 그 상태라면 대략 5년에서 10년까지도 살 수 있을 듯했다.

물론 그의 천명이 어디까지인지는 모른다.

어쨌거나 이희철이 그 자리에서 방방 뛰던 모습을 평생 잊지 못할 것 같았다.

생각해 보라.

여든에 가까운 노인네가 어린애처럼 소리를 지르면서 응접실을 뛰어다녔으니 비서실장뿐만 아니라 저택에서 일하던 모든 사람들까지 깜짝 놀라 뛰쳐나오지 않았던가.

이젠 그에게 휠체어도 필요 없고 주렁주렁 달던 호스도 필요 없게 되었다.

그런 왕회장을 비서장들과 수행원들이 바로 병원으로 모셔 갔다.

김춘추도 그 결과가 몹시 궁금했다.

MRI 촬영의 결과가 어떻게 나올까.

어쨌거나 포션의 효능은 대단했다.

김춘추의 얼굴에도 만면의 미소가 퍼졌다.

앞으로 지구와 판테온을 오가며 벌일 사업 품목이 더욱 넓어졌기 때문이다.

물론 포션은 조심스럽게 진행해야겠지.

게다가 이희철의 향후 거취나 태도도 예의 주시해야겠지.

사람의 욕심은 끝이 없으니깐.

'일석이조로 이 문제는 해결됐고.'

김춘추는 잠시 생각을 정리했다.

이희철은 반드시 자신이 한 말을 지킬 테니 무함마드 왕자가 처한 상황은 금방 해결될 것이다. 그리고 자신의 손에 들어오게 된 오성항공으로 어떤 무기들을 개발해야 할지…….

판테온을 보니 철 이상의 특수한 금속들은 지구보다 훨씬 강력하다.

하지만 그런 금속들은 희귀하고 대부분은 드워프 종족이 차지하고 있었다. 물론 드워프 종족은 그것들을 가공해서 드래곤들에게 바치고 있지만.

인간들에게 흘러가는 가공된 희귀 금속들도 전부라고 해도 좋을 만큼 황족이나 왕족, 대귀족들의 전유물이었다.

어디 그것뿐인가.

'일단 총기류는 가능한 배제하고.'

김춘추는 나름의 원칙들을 세우기 시작했다.

벌킥.

김한기가 노크도 없이 들어왔다.

"가던 일은 잘됐어?"

"응, 노회장님이 직접 사우디 가서 사과한다고 하네."

"별일이래."

김한기가 의외라는 표정을 지었다.

김춘추는 그에게 이희철과의 거래, 그리고 포션에 대해서 말해 주었다.

그러자 김한기는 길길이 날뛰었다.

"그런 귀한 것을 겨우 다 죽어 가는 늙은이한테 줬다고!"

"오성항공 얻었잖아."

"그래도 그렇지, 늙은이가 망령이 났지."

"우리로서는 다행이지."

"그, 그렇긴 하지. 중소기업이 대기업을 삼킨다라……. 흐흐흐."

김한기는 자신도 모르게 어깨를 으쓱거렸다.

얼마 전에 군수업체들 대표끼리 만남을 가졌었다.

그때 오성항공 사장이 얼마나 으스대는지. 게다가 다른 사장들은 비위를 맞추느라 난리가 났었다. 그 꼴이 얼마나 우습던지.

그런데 이제 상황이 바뀌었다.

김한기는 다음 모임에서 변해 있을 판도를 생각하면 기분이 아주 좋아졌다.

하지만 여전히 미련이 남는 얼굴로 말했다.

"쩝, 그런 거 있으면 나나 주지. 내 몸도 요즘 부실한데."

"운동해."

김춘추는 남산만 해져 있는 김한기의 배를 힐끔 보면서 말했다.

"내가 운동 안 하고 싶어서 안 하는 게 아니라고! 누구 때문에 바빠서 운동할 시간이 없었거든."

"그건 핑계지."

"제길, 포션 주기 싫어서 말도 안 해 주고 늙은이에게 슬쩍 주기나 하고. 그간 나 혼자 네놈 빈자리 대신하느라 고생했는데 그럴 수가 있어!"

"또 만들어 줄게."

"뭐? 오오, 당장 만들어 줘!"

김한기는 김춘추의 말에 펄쩍 뛰면서 좋아했다.

"판테온 가면."

"당장 못 만들고? 제길, 너 나한테 마나 좀 쓰는 게 그렇게 아깝냐?"

김한기는 김춘추가 포션을 만들기 위한 마법을 쓰기 위해서 마나를 소비하는 것을 걱정한다고 생각했다.

지구에서 마법을 시현한다는 것은 극심한 마나의 소비를 뜻하기 때문이다.

"마나 때문이 아니라 약초가 있어야 해."

"약초?"

"코러스 산이라고 있는데. 그곳 정상에만 자라는 약초가 있어."

"뭐 하나 쉬운 게 없네."

"사는 게 그렇지. 참, 회장님 천명은 어떻게 돼?"

김춘추는 이희철의 생기를 보면서 궁금했던 점을 김한기에게 물어보았다.

"내게 장부가 있는 것도 아니고."

"대충 그래도 보면 알잖아."

"뭐, 대충 보면… 5년?"

"음, 근데 생기는 왜 1년도 못 넘길 정도였지?"

"요즘 인간들이 너무 발전을 꾀하다 보니 자신의 천명을 앞당기고 있지."

"그런 거였어?"

"꼭 다 그런 것은 아닌데, 예전보다 천명에 비해서 좀 일찍 올라오는 사람들이 생기더라고."

"천계에서도 골치겠다."

"그렇긴 하지, 일이 더 바빠졌으니."

"천계라고 모든 것을 완벽하게 컨트롤 하는 건 아니군."

"자연의 순리라는 게 있어. 천명도 자연의 순리에 들어가지. 천계도 그렇고. 그리고 더 높은 우주의 순리가 존재하지."

"우주의 순리라."

김춘추는 김한기의 말을 이해했다.

어쨌건 간에 이희철의 수명이 5년 늘어난 것이 최소한 그 자신의 포션 때문은 아니다.

원래 그가 누려야 할 수명이었던 것이다.

다만 폐암으로 인해서 그 수명이 조금 더 앞당겨져 있던 것을 그가 제자리에 돌려놓은 것뿐.

하지만 티베트의 여인은?

김춘추는 고개를 갸웃했다.

알 것 같다 싶으면 또 다른 의문이 튀어나온다.

확실히 인간의 머리로 우주의 순리를 전부 이해하기는 어려웠다.

"판테온 가면 포션 하나 꼭 만들어 줘야 한다?"

김한기가 김춘추에게 다짐을 받았다.

"영원히 사는 자가 그런 말을 하니 웃기지도 않네."

김춘추가 그런 김한기를 놀려 댔다.

"건강하고 가볍게 살아야지, 영원히 살아도."

툭툭.

김한기는 그렇게 말하면서 자신의 배를 두드렸다.

"알았어. 이제 나가자."

김춘추가 자리에서 일어섰다.

"너 들어온 지 얼마 안 됐잖아. 또 나가?"

"경주 가야지."
"아, 리디아."
"아미가 있다고는 하지만 좀 그렇지."
"짚이는 건 없고?"
김한기가 김춘추를 슬쩍 떠봤다.
"글쎄… 일단은 눈으로 직접 석굴암을 확인해 보고."
"어련하시겠어요, 그놈의 신중한 성격."
김한기가 투덜거리면서 말했다.
"아, 예화가 내 방에 있는데."
김한기가 문득 생각났다는 듯이 말했다.
"걘 왜 왔대?"
"경주 가자고 조르러 왔더군."
"……."
김춘추는 김한기의 말에 할 말을 잃었다.
이예화는 가끔 무섭도록 놀라운 신기를 보여 준다.
어릴 때부터 그랬다. 그녀 스스로 알고 하는 행동은 아직까지 아닌 듯했다.
"우리끼리 뛸까?"
김춘추가 웃으면서 말했다.
"나야 좋지."
김한기가 고개를 끄덕였다.
그때, 문 쪽에서 서늘한 바람이 불어오는 착각이 일어났다.

"흥, 왜 이렇게 안 오나 했더니만."
이예화가 째진 눈으로 두 사람을 바라보았다.

결국 세 사람은 경주로 향했다.
경주에 도착하자마자 리디아와 아미가 묵고 있는 호텔을 찾아갔다.
김춘추를 본 리디아는 뭔가 익숙한 그리운 것이 그의 몸에서 풍겨 나와 흠칫 놀랬다.
'뭐지?'
그녀는 의문이 가득한 눈빛으로 김춘추를 바라보았다.
하지만 그는 딱히 아무 말도 하지 않았다.
'내가 착각했나?'
리디아는 고개를 갸웃거렸다.
다시 한 번 심호흡을 하고 김춘추에게서 나는 그 느낌을 맡아 보려고 했지만 이내 별다른 점을 찾을 수가 없었다.
"석굴암으로 바로 가죠."
"제가 안내하죠."
리디아는 그렇게 말하면서도 그 자리에서 주춤거리고 있었다.
사실 그녀는 김춘추의 반응을 내심 섭섭하게 여겼다.
일주일 동안 김춘추는 출장을 핑계로 어디론가 사라졌었다. 그 정도의 눈치는 그녀도 있었다.

불가사의 • 243

김한기가 아무리 출장을 갔다고 변명해도 그의 얼굴만 봐도 그것이 사실인지 거짓인지 알 수가 있었다.

내심 몇 년을 헤어진 사람처럼 반가웠는데.

김춘추의 표정에는 아무런 감정을 느낄 수가 없었다.

'역시 짝사랑이야.'

리디아는 속으로 한숨을 쉬었다. 그녀가 그렇다는 건 이예화도 마찬가지이리라. 아직 이 남자가 무언가를 애타게 좋아하는 것을 본 적이 없었다.

'언젠간 꼭 그런 얼굴로 날 바라보게 할 거야.'

리디아는 속으로 다짐했다.

"너 뭐하냐? 왜 얘 얼굴만 쳐다보고 난리야."

김한기가 넋 놓고 김춘추의 얼굴만 바라보는 리디아에게 버럭 소리를 질렀다.

"아."

리디아는 순간 얼굴이 붉어졌다.

지금 자신의 목적 때문에 김춘추와 김한기가 단숨에 경주까지 와 주었다.

그런데 자신은 김춘추의 관심을 받지 못해 서운해하고 있다. 스스로가 생각하기에 몹시 부끄러웠다. 지금 사랑 타령이나 하려고 지구에 온 게 아니지 않은가.

더구나 단서를 찾은 지금, 자신이 방금 전 생각한 것들은 정말 그녀답지 않았다.

문득 판테온에 있는 아버지와 오빠의 얼굴이 떠올랐다.

그분들이 지금 자신이 한 남자의 환심을 받지 못해 풀 죽어 있다는 사실을 안다면 얼마나 한심하게 여길까.

어떻게 온 지구인데.

그런 생각에 미치자 리디아는 쥐구멍이라도 찾고 싶었다. 그래서인지 그녀는 고개를 푹 숙였다.

"휴, 됐다. 어서 가자."

이예화가 한숨을 쉬더니 리디아를 다독거렸다.

그녀보다 3살이나 많으니 아무리 사랑의 라이벌이라고 해도 이런 상황에서 같은 여자들끼리 챙겨 줘야 하지 않나.

"언니, 고마워요."

리디아가 이예화에게 고개를 끄덕이며 감사를 전했다.

이예화는 그런 리디아의 손을 꼬옥 잡아 주었다.

"아이고, 별짓을 다 하네."

김한기가 그 광경을 보고 투덜거렸다.

"가시죠."

김춘추가 재촉했다.

"아, 네……."

리디아는 황급히 고개를 끄덕이고는 발길을 뗐다.

스윽.

"이런 바보."

동자승 아미가 김춘추의 곁을 지나면서 한마디 했다.

"……?"

김춘추는 아미의 말을 이해하지 못했다.

사실 리디아가 자신의 얼굴을 뚫어지게 본 것을 다른 의미로 해석하고 있었다. 판테온에 자신이 다녀왔기 때문에 혹시 차원을 넘나들었을 때 생기는 어떤 기운이라든지 이런 것을 리디아가 직감적으로 느낀 게 아닐까 싶었다.

마음 같아서는 당장 그녀에게 판테온에 다녀온 일을 말해 주고 싶지만, 그녀에게 묻고 싶은 정보도 많았고 그렇게 되면 경주 석굴암에서 발견된 단서에 대해 그녀의 판단력이 흐려질지도 몰랐다.

그런 까닭에 일단 단서를 확인하고 난 직후 그녀에게 말하기로 결정한 것이었다.

어쨌든 리디아의 안내로 김춘추와 김한기, 이예화와 아미는 석굴암으로 향했다. 석굴암이 토함산 중턱에 위치해 있는 까닭에 김춘추가 차를 몰아 올라갔다. 길은 굉장히 꾸불꾸불했지만 그는 능숙하게 차를 몰았다.

'관람 시간이 정해져 있군.'

그는 힐끔 손목에 찬 시계를 보았다.

현재 시각 5시 13분.

6시까지만 관람할 수 있다니 촉박했다.

그들은 곧바로 석굴 쪽으로 산길을 따라 올라갔다.

물론 잘 포장된 도로가 이어져 있었다.

다만 입구에서부터는 차를 주차하고 직접 걸어 올라가야 했다.

석굴이 있는 건물 앞에 도착했을 때는 시곗바늘이 6시에 다가가고 있었다.

김춘추는 일행에게 지시 사항을 전달했다.

그의 말을 들은 이예화가 다소 불만 섞인 표정을 지었지만 그렇다고 불만을 토로할 수도 없었다.

-호텔에서 만나죠.

김춘추가 김한기에게 텔레파시 했다.

-쩝, 여기가 기다리면 안 될까? 나도 궁금한데.

-괜히 의심을 살 겁니다.

-모처럼 여기까지 왔는데.

김한기가 의외로 순순히 물러서지 않았다.

-느끼는 것이 있습니까?

그런 그를 김춘추는 예의 주시했다.

-딱히 느낀다 이런 것은 아니고.

김한기가 뭔가 아쉬움이 가득한 표정으로 말했다.

-음…….

김춘추는 그런 김한기의 모습을 보고 그를 데려가기로 결정했다.

지구라는 세계와 전혀 어울리지 않는 두 사람, 김한기와 리디아가 아닌가.

혹시 두 사람 사이에도 어떤 공통점이 있지 않을까 하는 생각에서였다. 이 두 사람이 각각 다른 시간대에 자신에게 나타났지만 이것조차 단순히 우연이 아니라 필연이라면?

 더구나 자신의 존재조차 보통 사람들과는 다르지 않은가.

 그런 생각에 미치자 김춘추는 순간 등줄기에서 소름이 올라오는 것을 느꼈다.

'왜 미처 생각 못했지?'

 그는 리디아와 김한기를 번갈아 보면서 생각했다.

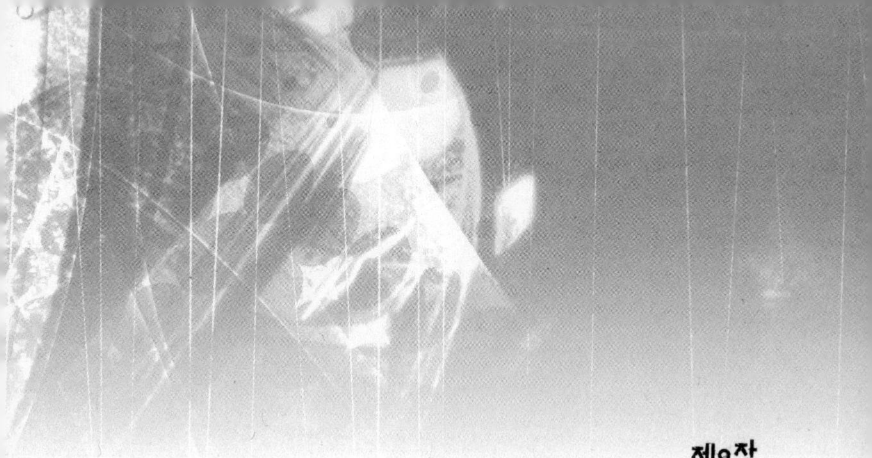

제9장

신연천과 석굴암

이후석이 교주로 있는 신연천은 빠르게 신도들을 포섭하고 있었다.

하지만 그조차 이후석의 마음에 들지 않는지 그는 전도 책임자에게 보고를 들으면서 연신 인상을 찡그렸다.

"벌써 1만의 신도가 늘었습니다."

전도 책임자는 1만이란 숫자를 강조하면서 말했다. 교주의 표정이 심상치 않았기 때문이다.

"왜 이렇게 적어!"

이후석이 결국 참지 못하고 소리를 질렀다.

"그, 그게… 아무래도 저희 교가 단군천제를 모시고 있다 보니 요즘 사람들에게는 거부감이 좀 있는 것 같습니다."

"그러면 요즘 사람들은 뭘 믿는데?"
"아무래도 기독교가 강세입니다."
"기독교라……."
이후석의 눈빛이 빛났다.
"하실 말씀이 있는지요?"
눈치 빠른 전도 책임자는 얼른 이후석의 분부를 기다렸다.
"우리도 좀 바꾸자. 거기 기독교인지 뭔지 하는 데 대해서 정보도 가져오고."
이후석이 비릿하게 웃었다.
"알겠습니다."
전도 책임자는 이후석의 지시에 일사분란하게 움직였다.
그 이후, 이후석의 지시로 신연천은 새로운 이미지로 변신했다.
기존 단군천제를 모시는 것으로 신도들을 포섭했다면, 지금은 단군천제와 기독교에서 모시는 하나님을 함께 짬뽕해 버린 것이다.
물론 신연천의 간부들 중 많은 이들이 반발했다.
회의장은 이들의 열변으로 뜨겁게 변했다.
아무래도 신연천이 증사교에서 갈라져 나온 방파였던 까닭에 단군천제는 이들에게 가장 중심의, 믿음의 대상이었기 때문이다.

그런데 그 단군천제가 이제는 기독교의 하나님과 믹스돼 버렸으니 반발심이 큰 것도 사실이었다.

까닥까닥.

이후석은 핵심 간부들을 보면서 생각에 잠기는 듯한 모습으로 상석에 앉아 있었다.

그의 그런 모습에 간부들은 더욱 뜨겁게 회의장을 달궜다.

하지만 눈치가 빠른 몇몇 간부들은 이내 태도를 바꾸어 이후석을 지지했다.

"자, 이제 끝났는가?"

이후석이 회의장을 둘러보면서 말했다.

"그, 그게……."

간부들은 아직 결정된 게 하나도 없으니 교주인 이후석의 말이 무슨 뜻인지 이해를 하지 못하고 어리둥절해했다.

"네놈들, 이승에서 할 말은 다 했느냔 말이다. 으하하하하!"

이후석의 입에서 황당무계한 말이 나왔다.

"……."

"……."

간부들은 어쩔 줄 모르는 표정을 지었다.

이후석이 누군가.

어느 날 갑자기 나타나 선대 교주에게 차기 교주로 지명

신연천과 석굴암 • 253

받고 수많은 정적들을 제치고 단숨에 교주에 오르지 않았던가.

그 와중에 죽어 나간 정적들, 그 이유야 심장마비, 교통사고 등 다양했지만… 어쨌건 간에 그 뒤에는 지금의 교주가 있을 것이라는 말이 돌아다녔다.

한마디로 무서운 사람이었다.

"저는 무조건 찬성입니다."

간부 중 한 명이 손을 번쩍 들면서 말했다.

"저… 저도 찬성입니다."

"저도……."

그러자 줄이어 절반이나 되는 간부들이 손을 올렸다.

신연천의 근간을 바꾸는 일에 지지하고 나섰다.

"자, 자네는 불과 몇 시간 전만 해도 절대 우리의 근간이 바뀌어서는 안 된다고 나에게 그렇게 말하지 않았던가?"

상대 간부가 어이없다는 표정을 지으면서 말을 바꾼 간부에게 말했다.

"내가 언제 그랬는가? 우리 교주님이 하시는 일인데 반대할 수야 없지. 오히려 찬성과 반대 의견을 내는 것조차 사치라고 생각하네."

그는 그렇게 말하고는 이후석을 바라보면서 건의했다.

"이후로는 힘들게 간부들을 모아 놓고 의견을 묻지 마시고 교주님이 결정하신 대로 공포하십시오. 저희들은 우둔

해서 그저 교주님이 이끌어 주시지 않으면 어리석은 양에 불과할 뿐입니다."

이후석은 그 간부의 말이 흐뭇한지 고개를 끄덕였다.

오히려 상대 파 간부들로서는 황당무계했다.

"자자, 대충 정리된 거 같네. 이쪽은 지금 살고 싶은 자, 저쪽은 마지막인 자."

이후석은 손가락으로 귀찮다는 듯이 간부들을 가리키면서 왼쪽, 오른쪽을 지정해 주었다.

반대파 간부들은 그게 무슨 뜻인지 이해를 못해 멍한 표정을 지었다.

교구가 노망이 난 걸까.

하지만 찬성파 간부들은 이미 눈치를 챘다. 이들은 반대파 간부들보다 평소 눈치가 빠른 자들이었다.

그들은 잽싸게 살고 싶은 자라고 지정된 왼쪽으로 후다닥 자리를 옮겼다.

찬성파 간부들이 왼쪽으로 모이자 반대파 간부들은 자연스럽게 오른쪽으로 자리를 옮겼다.

"줄 똑바로 맞춰 서."

이후석이 손가락으로 오른쪽에 있는 반대파 간부들을 가리키면서 말했다.

반대파 간부들은 일렬로 쭈욱 그 자리에서 자세를 맞춰 섰다.

"니들은 똑바로 봐."

이후석은 왼쪽에 있는 찬성파 간부들에게 말했다. 그러고는 고개를 끄덕였다.

순간 천장에서 검정색 인영들이 떨어졌다.

슈슉.

슉.

그리고 그것들이 재빠르게 무언가를 휘둘렀다.

서걱.

서걱.

댕강. 댕강.

…….

왼쪽에 있던 찬성파 간부들의 눈이 경악으로 물들었다.

오른쪽에 있던 반대파 간부들의 목이 순식간에 잘려 나갔기 때문이다.

이후 닌자복을 입은 무사들이 피 묻은 칼을 들고 서 있었다.

댕그르르.

바닥에는 반대파 간부들의 목이 여기저기 내팽개쳐져 있었다.

'설마 이렇게까지 할 줄이야.'

찬성파 간부들은 자신의 목을 손으로 한 번 쓸고는 발밑이 꺼져 가는 서늘한 느낌을 받았다.

교주가 반대파 간부들을 가만두지 않을 것이라는 것은 짐작했지만 바로 눈앞에서 이런 방식으로 처리할 줄이야.

그리고 현대시대에 넌자가 웬 말인가.

저런 자들이 언제 교주의 주변에 있었지?

그렇다는 것은 자신들의 일거수일투족이 저들에 의해서 감시받고 있었다는 것을 의미했다.

교주의 정적들이 저들의 손에 의해서 사라졌으리라.

"이제 됐지?"

이후석이 음침한 음성으로 말했다.

왼쪽에 있던 찬성파 간부들은 얼어붙은 듯이 아무런 말도 하지 못했다.

도저히 눈으로 보고도 믿지 못할 공포스런 현장에 있기 때문이다.

"으하하하하하하!"

이후석은 그 광경을 보고 만족스러워했다.

이것이다.

자신이 원한…

진정 자신을 만족시키는 광경.

공포.

사람들의 눈에 담긴 공포를 보는 것이 즐거웠다.

이후 신연천은 이후석의 지시에 기독교를 포함하는 내용을 담는 경전을 받아들였다.

신연천과 석굴암 • 257

그리고 그 경전을 기독교와 마찬가지로 '신 성경'이라 명명하고 신도들이 신 성경을 완벽하게 습득할 수 있도록 전부 신 성경 공부에 들어갔다.

신연천에서는 신도들을 신 성경 내용 중 종말에 관한 부분에 특히 더 열중하도록 했다.

사람들의 잠재적인 공포감은 바로 죽음, 종말, 구원이니깐.

완벽하게 신 성경에 대한 신도들의 습득이 끝나자 다시 신연천에서는 기존 기독교의 성경에 대한 분석과 연구에 들어가게 했다. 그리고 신도들을 성경의 모순점과 인간의 의식으로는 이해할 수 없는 점들을 집중 공부시켰다.

신 성경의 지식과 기존 성경이 갖고 있는 모순점들을 완벽하게 숙지하게 된 신도들은, 그 이후 적극적으로 전도에 나섰다.

단순히 길거리에서 전도하는 것이 아닌 기독교인들을 대상으로 했다.

이것은 새로운 전도법이었다.

그리고 그 전략은 통했다.

신연천은 빠른 속도로, 이전보다 더욱 많은 신도들을 확보해 나갔다.

그만큼 이후석의 영향력은 점점 더 커져 갔다.

이것뿐만이 아니었다.

각 도시에 기독교 교회처럼 건물을 짓기 시작했다.

그동안 신도들을 갈취한 재원으로 신연천이 가지고 있는 재력은 매우 많았다.

이후석은 그것을 아낌없이 '신연천의 교회'라고 명명한 건물을 짓는 데 투자했다.

이제 그가 하고자 하는 일에 반대를 하는 간부들은 아예 없었다.

모든 간부들은 공포에 절었고, 그만큼 더욱 세뇌되었다.

✦ ✦ ✦

석굴에는 이미 관광객들이 퇴장하고 없었다.

곧 퇴실을 알리는 음악 소리가 들려왔다.

관리인이 들이닥친다는 의미도 되었다.

김춘추는 자신뿐 아니라 김한기에게까지 투명 마법을 시현해 주었다.

리디아도 따라서 투명 마법을 시현했다.

그녀는 곧 김춘추의 서클이 늘었음을 보고 의아했다.

도대체 일주일 동안 무슨 일이 있었던 걸까?

-서클이 늘었네요?

-나중에 말씀드리죠.

김춘추는 그렇게 말하고는 김한기 쪽을 바라보았다.

-이곳에서는 마나가 부족한 편입니다. 얼마나 오래갈지 모르니 최대한 빨리 이곳 일대의 기운을 느껴 봐 주십시오.
-정말 내가 보이지 않는 거지?
김한기가 재밌다는 듯이 물었다.
그때 석실을 관리하는 사람이 입구에 있는 직사각형의 전실 안으로 들어왔다.
관리인은 전실과 통로, 그리고 주실을 한 바퀴 빙 둘러보았다. 그러고 나서는 석실의 문을 나가서는 바깥쪽에서 문을 잠갔다.
-정말 못 보네. 이제 그만 마법을 풀어도 되는 거 아냐?
-CCTV 화면 좀 바꾸고요.
김춘추는 침착하게 석실 내 설치되어 있는 CCTV에 담긴 화면을 마법으로 조정했다.
"이제 됐습니다."
김춘추가 마법을 거두자 곧 김한기와 리디아의 모습도 드러났다.
세 사람은 직사각형의 전실에서 복도를 통해 원형의 주실이 있는 곳으로 걸어갔다.
팔부신장상이 있는 전실도 그랬지만 통로 좌우 입구에 서 있는 금강역사상이 조각되어 있는 모습을 보고 김한기는 추억에 젖어들었다.
게다가 좁은 통로에는 좌우로 2구씩 동서남북 사방을 수

호하는 사천왕상이 조각되어 있었다.

'그 녀석… 뭐하고 있을까?'

김한기는 동방천왕을 떠올렸다.

가장 자신을 따르던 부하였다.

그만큼 애증이 생기긴 했지만.

'쩝, 잘 지내겠지.'

김한기는 머리를 저었다.

이들은 곧 원형의 주실에 도착했다. 주실 입구에는 좌우로 8각의 돌기둥이 세워져 있었고, 주실 안에는 본존불이 중심에서 약간 뒤쪽에 배치되어 있었다.

주실의 벽면에서 천부상 2구, 보살상 2구 등이 정교하게 조각되어 있었다.

"이걸 다 돌로 만들었다니."

김춘추는 주실 입구에 서서 천장을 보면서 감탄했다.

360여 개의 넓적한 돌로 원형 주실의 천장을 교묘하게 구축해서 건축 기법은 세계에 유례가 없는 뛰어난 기술이라고 알려져 있었다.

"니놈은 고작 천장에만 감탄하다니."

김한기가 불쾌한 기색을 띠면서 말했다.

입구에서부터 여기까지 오는 동안 정말이지 정교하고 생생하게 조각된 것들이 무수히 많았는데.

고작 아무런 조각도 없는 천장의 돌에 감탄하다니.

언짢다.

"본존불에게 인사드리죠."

김춘추는 김한기의 말에 어깨를 한번 으쓱거리고는 본존불 앞으로 다가갔다.

본존불의 고요한 모습이 그의 눈에 기묘하고 신비로움 느낌으로 다가왔다.

모든 것이 자연스러움의 극치를 이루고 있는 본존불은 오히려 그래서 더 이상한 느낌을 풍겨 내고 있었다.

다른 이들이라면 몰라도, 김춘추에게만은 그런 느낌으로 다가왔다.

"확실히 이상하죠?"

리디아가 김춘추의 곁으로 다가와 말을 걸었다.

"그렇군."

"이거예요."

리디아는 자신의 손가락에 끼어 있는 지그에논 왕국의 보물인 반지를 보여 주었다. 그분을 찾기 위한, 단서가 되어 줄 역할을 할 아티팩트였다.

이것이 있기에 그녀는 그토록 돌아다녔던 것이다.

처음엔 자신이 처음 나타난 관악산 근처에 그분의 흔적이 있을 것이라고 생각했다.

하지만 관악산 일대를 전부 돌아다녀 보아도 아티팩트는 반응하지 않았다.

그래서 점점 주변 반경을 넓혀서 돌아다녔다.

그러다가 이예화와 아미의 추천에 대한민국 내 오랜 유물들이 있는 곳을 돌아다니기 시작했다.

관광이라는 미명하에 말이다.

그 덕에 이곳을 찾아냈다.

처음 본존불을 본 순간, 아티팩트가 자신의 손가락에서 떨리는 것을 느꼈다.

하지만 그뿐, 며칠을 조사해도 그녀로서는 단서를 더 이상 알아내지 못했다.

그래서 김춘추의 도움이 더욱 절실한 상황이었다.

딸칵.

리디아는 반지 위에 달린 동그란 부분을 열었다.

그러자 그 안에서 무지갯빛이 쏟아져 나왔다.

우우우웅.

본존불에서 미세한 진동이 느껴졌다.

"본존불이 반응하는군요."

"네, 그런데 이게 전부예요."

리디아가 속상한 표정을 지었다.

'확실히 본존불이 이상해.'

김춘추는 본존불을 올려다보았다.

자애로운 미소를 띠고 있는 본존불은 마치 살아 있는 것처럼 자신을 보고 있는 것 같은 착각이 느껴졌다.

잠시 후 김춘추는 무언가 깨달은 것이 있는 듯한 표정을 지었다.

"잠시 제가 시키는 대로 하십시오."

김춘추는 무언가 결심한 듯이 말했다.

리디아의 커다란 눈에 기대감이 서렸다.

그는 그런 리디아의 손을 잡았다.

'어머.'

리디아의 얼굴이 순간 붉어졌다.

김춘추는 그것을 아는지 모르는지 리디아를 이끌고 본존불 앞에 다가갔다.

그러고는 본존불 앞에서 맞잡고 있는 자신과 리디아의 손을 내밀었다. 정확히는 손가락에 끼어 있는 반지를 본존불에 갖다 대었다.

'뭐하는 거지?'

리디아가 그런 김춘추의 모습에 순간 어리둥절한 표정을 지었다. 본존불에게 무언가 있다는 것은 이미 그녀가 알아낸 일이고, 자신의 반지와 관련이 있다는 것은 너무도 당연했다.

그런데 그녀뿐 아니라 김춘추 자신까지 왜 손을 내밀고 있는 거지?

당최 그의 행동을 이해할 수가 없었다.

그녀의 눈에 김춘추가 끼고 있는 반지는 그저 평범한 은 반지에 불과했기 때문이다.

하지만 다음 순간, 그녀의 눈이 휘둥그레졌다.

김춘추가 끼고 있는 평범한 은반지가 순간 모습을 바꾸고 있었다.

그녀가 본 게 맞다면 푸른 드래곤의 형태로, 점점 본래의 반지 형태는 사라지고 변하고 있었다.

그것뿐이 아니었다.

푸른 드래곤은 우르보르스처럼 점점 빨리 회전하고 있었다. 그와 동시에 그 형태는 점점 커져 가고 있었다.

물론 실물이라기보다 연기에 가까운 모습이었다.

푸른 드래곤의 형상을 한 그것은 본존불을 아래에서부터 위에까지 감쌌다. 그리고 점점 그 영역이 확장되더니 이내 김춘추와 김한기, 리디아가 서 있는 곳까지 감쌌다.

아니, 주실 전체를 감쌌다고 해도 과언이 아니었다.

"이게 뭐죠?"

"……."

김춘추는 리디아의 질문에 대꾸하지 않고 그녀의 손을 잡아 주었다. 그녀의 손이 심하게 떨리고 있었기 때문이다.

"잠시, 기다려 보죠."

그는 리디아를 다독였다.

지금 눈앞엔 푸른 용이 만든 안개 같은 것으로 한 치 앞도 보지 못했다.

이런 걸로 마나를 낭비하고 싶지 않은 김춘추는 모든 것이 잠잠해지기를 기다렸다. 푸른 용을 완전히 믿는 것은 아니지만 적어도 자신들을 갖고 장난칠 것 같지는 않았다. 자신이 반지 7개를 모으기 전까지는 말이다. 그 자체가 푸른 용의 유희일 테니 말이다.

"이거 재밌네."

김한기는 오히려 이 상황을 즐겼다.

안 그래도 따분한 인간들의 일상이 지겨울 즈음이었다.

"안개가 사라집니다."

김춘추가 말했다.

"벌써야?"

김한기가 아쉽다는 듯이 투덜거렸다.

하지만 이내 일행들은 자신들이 서 있는 곳이 주실이 아님을 알았다.

그때, 리디아의 비명에 가까운 말소리가 들렸다.

"저분이에요!"

김춘추와 김한기는 그녀의 손가락이 가리키는 곳을 보았다.

그곳엔 한 남자가 서 있었다.

'음?'

김춘추는 그 남자의 모습을 어디서 본 적이 있다는 것을 깨달았다. 하지만 아무리 기억해 내려고 해도 그 남자가 누구인지 기억나지 않았다.

"어떻게 하죠?"

리디아가 흥분된 어조로 말했다.

"잠시 기다려 보세요."

김춘추는 그런 리디아를 제지했다.

그럴 수밖에 없는 것이, 리디아는 흥분으로 인해서 지금의 상황을 눈치채지 못한 것 같지만 그들이 있는 곳은 일종의 극장과도 같은 곳이었다.

기억 재생.

아마도 리디아가 말하는 그분의 기억이겠지. 그러니 눈앞에 서 있는 저 사람은 지금 실존하는 인물이 아니었다.

과거 기억이 그들 앞에 재생되고 있는 것뿐이었다.

김춘추의 제지에 리디아가 고개를 갸웃거렸다. 하지만 이내 그녀의 눈에 이상한 광경이 들어왔다.

그분이 서 있는 곳의 주변이 밝아진다.

산속 깊은 곳, 그것도 꽤 높은 언덕에 허름한 기와집이 서 있었다.

그 기와집 앞에 그분이 망설이면서 서 있다.

'이상하네.'

리디아는 그 광경을 보고 고개를 갸웃거렸다.

자신들이 서 있는 곳은 아무것도 없는 곳인데 그분의 주변만 풍경이 바뀌어 있었다.

끼익.

그분이 기와집 안으로 망설이다가 들어갔다.

이내 그분이 들어간 기와집 안의 풍경으로 어느새 주변이 바뀌어 있었다.

모든 게 그분의 시야를 따라 보여 주는 것 같았다.

그제야 이 상황이 무엇인지 깨닫고는 다소 아쉬운 표정을 지었다. 그러나 눈앞의 그분이 보여 주는 내용을 절대 놓치지 않겠다는 각오를 했다. 그래야 이곳까지 온 의미가 있었다.

또 다른 단서일 테니.

"오셨어요."

단아한 모습의 여인네가 그분을 맞이해 주었다.

"늦었소."

그분은 연민에 가득 찬 눈으로 여인을 바라보았다.

"괜찮아요. 오신 것만으로도 기쁜걸요."

"오지 못할 수도 있소."

"계속 기다리죠, 뭐."

"영원히 못 올 수도 있소."

"영원히 기다리죠."

여인은 그분의 말에도 눈썹 하나 까닥거리지 않고 침착하게 말했다.

"어쩌다가 나 같은 사람을……."

그분의 얼굴에는 회한과 연민이 교차되고 있었다. 그렇다고 여인으로 인해서 자신의 오랜 뜻을 바꿀 수는 없었다.

하필… 모든 것이 다 끝났다고 느끼던 시점.

인간으로서 모든 정을 떼고, 희로애락을 벗어나 이제 그가 원하는 것을 할 수 있다고 결단하던 시점에…

여인이 나타났다. 첫 여인도 아니다. 얼마나 많은 여인들을 품었으며 그녀들을 떠나보냈던가.

그런데…

'정녕 이것이 마지막 관문이란 말인가.'

그분의 생각이 리디아의 머릿속으로, 이 상황을 지켜보는 이들의 머릿속으로 들어왔다.

"지금 있어 달라는 말씀은 아닙니다. 기다릴게요. 기다리라는 한 말씀만 하시면 됩니다."

여인이 슬픈 얼굴을 지어 보였다.

"그럴 수 없다는 것을 잘 알지 않소?"

"영원히 기다릴 수 있어요. 그저 기다릴 수 있어요. 아무것도 하지 않고 당신을 기다린다는 것 하나만으로도 저는 행복할 수 있어요."

와락.

그분은 여인을 품에 안았다.

"어리석은 사람."

"부탁 하나만 들어주세요."

여인이 슬픈 얼굴로 그를 바라보았다.

"……."

"당신을 꼭 닮은 아들을 낳고 싶어요. 그 아들을 보면서, 그리고 그 손주를 보면서 영원히 당신을 기억하고 싶어요."

"내가 그렇게 잔인한 짓을 당신에게 어떻게 할 수가 있소? 당신처럼 고귀한 여인네가 이런 곳에서 지내는 것조차 내 마음이 찢어질 것만 같은데."

"아니에요. 저는 행복해요. 차가운 궁궐 속보다 이곳에서 당신과 함께 잠시라도 지낼 수 있어서 행복해요. 그러니 제발 저를 내치지 말아 주세요."

여인은 그리 말하면서 저고리 고름을 풀기 시작했다.

이윽고 전라가 된 여인이 다시 그의 품을 파고들어 왔다.

"당신을 영원히 기다릴게요, 당신의 핏줄과 함께."

장면이 어느새 바뀌어 있었다.

그분을 닮은 어린 소년과 여인.

여인이 슬픈 어조로 소년에게 말했다.

"이제는 네 스스로 살아야 한다."

"제 걱정은 말아요, 어머니. 어머니 건강에만 신경 쓰세요."

소년은 다부지게 말했다.

"아버지가 남긴 것이 있다. 그것을 찾아 떠날 준비를 해라."

여인이 소년에게 무언가 소중한 것을 건네주었다.

황금색으로 도금된, 길이가 15센티미터 남짓한 단도였다.

소년은 떨리는 손으로 그것을 받아 쥐었다.

태어나서 단 한 번도 만나 뵙지 못한 아버지이다.

그러나 소년의 가슴에는 아버지에 대한 원망보다 아버지를 그리는 마음이 더욱 컸다.

"아버지에 관한 단서가 이것에 흘러들어 있단다. 네 아버지가 떠나실 때 그리 말씀하셨지. 너는 아버지를 만나거라. 아니, 네가 못 만나면 네 자식이라도 만날 수 있게 이것을 대대로 넘기거라."

"명심, 명심하겠습니다."

소년은 어머니의 말에 힘주어 대답했다.

이어 상황은 빠르게 흘러갔다.

어머니의 품을 떠난 소년이 한반도를 가로질러 대륙을 넘어가는 동안 많은 세월이 스치듯이 지나갔다.

그러는 사이 소년은 나라를 세웠고, 나라는 점점 그 국토를 넓혀 갔다. 그리고 노인이 된 소년이 그 아들에게 같은 말을 남기고 그 아들은 또 그 아들에게 같은 말을 남기었다.

그러는 사이 소년의 나라는 점점 더욱 부강해졌다.

하지만 왕이 된 소년의 후손들에게 어이없는 일이 벌어졌다. 아기가 태어나다 죽은 것이었다.

왕비는 이것을 들키지 않기 위해 자신과 같은 때에 출산한 사람을 수소문해서 왕의 자식으로 삼았다.

모두를 감쪽같이 속인 것이다.

하지만 하늘을 속일 수는 없었다. 왕은 전쟁에 나가서 전사했고 한순간에 여인이 낳은 후손이 끊겼다.

이후 소년이 세운 나라는 점점 쇠락하더니 기어코 다른 나라에 의해서 멸망하기에 이르렀다.

어느새 풍경은 바뀌었다.

덩그러니 놓인 황금빛 단검이 주인을 잃고 바닥에 떨어져 있었다. 주인을 잃은 하인이 단검을 주워 품에 넣는다.

이내 다시 파노라마처럼 그 광경이 스쳐 지나갔다. 단검은 대륙을 넘어 다시 한반도로 돌아왔다.

그리고 이곳 본존불이 있는 곳까지 여러 사람의 손을, 수많은 세월을 거쳐 돌아왔다. 본존불이 있던 곳이 처음 여인네가 살았던 곳과 같은 곳이었다.

"이럴 수가."

파노라마 같은 영상을 보던 리디아의 눈에서 눈물이 맺혔다.

여인이 너무도 불쌍했다.

김춘추는 어느새 자신들이 본존불 주위에 서 있는 것을 발견했다. 그는 본존불을 바라보았다. 영원히 기다린다던 여인의 말이 떠올랐다. 자애로운 본존불의 얼굴에서 여인의 얼굴이 겹쳐져 갔다.

"그분은 어떻게 되었을까요?"

리디아가 우울한 표정을 지으면서 말했다.

"단검을 찾는 게 우선일 것 같네요."

김춘추가 말했다.

"아, 단검을 우리가 찾는다면 그분을 만날 수 있겠죠?"

"그 때문에 이 영상을 보여 준 게 아닐까 생각합니다."

김춘추가 고개를 끄덕이면 말했다.

"거참, 이 사람들 이상하게 복잡하게 일하네. 그냥 자기가 있는 곳을 일러 주면 되지, 뭔 단서가 이리도 많아!"

김한기가 투덜거렸다.

"그러게."

김춘추도 맞장구를 쳤다.

"답답한 것들."

김한기는 본존불을 한번 스윽 보고는 주변의 조각상을 보며 말했다.

"단검 찾아 줘."

김춘추가 그런 김한기의 뒤통수에 대고 말했다.

"어… 뭐, 뭐라고?"

김한기가 어이없다는 표정을 지었다.

"영상 같이 봤잖아. 그러니 단검 찾아 줘."

"공짜가 없다더니."

김한기는 투덜거리면서도 무언가 골몰히 집중하는 모습을 보였다. 김춘추의 얼굴에서 회심의 미소가 흘러나왔다. 역시 김한기를 데려오길 잘했다.

얼마나 시간이 흘렀을까.
김한기가 감았던 눈을 떴다.
"어디?"
김춘추가 물었다.
"제길, 바로 위에 있었네. 거참 이상하지."
김한기는 고개를 갸웃거리면서 천장을 가리켰다. 처음 도착했을 때 본존불 주변부터 해서 천장도 샅샅이 기운을 감지했었기 때문이다.
"어째 이것들이 날 골려 먹고 있는 것 같아."
"어쨌든 잘했어."
김춘추는 김한기를 다독이더니 이내 마법을 시현했다.
곧 김한기와 김춘추의 몸은 천장 쪽으로 떠올랐다.
김한기는 단검이 들어가 있는 돌을 손가락으로 가리켰다.
'음, 이걸 어쩌지?'
김춘추는 뜻하지 않은 난관에 봉착했다.
마법으로 돌 속에 있는 단검만 빼내려고 했다.
그런데 마법이 듣지 않는다.
"뭐야?"

김한기가 빨리하라면서 재촉했다.

리디아가 걱정스런 얼굴로 위를 바라보았다.

"아무래도 제 마법은 듣지 않네요."

김춘추는 김한기와 함께 바닥에 내려왔다.

그러고는 리디아를 바라보았다.

"그분 후손 맞죠?"

"그렇긴 한데, 전 판테온 사람이에요."

"판테온이든 지구든 상관없지 않을까요?"

김춘추는 리디아의 얼굴을 빤히 보면서 말했다.

"아, 제가 해 볼게요."

리디아는 김춘추의 말뜻을 알아채고는 마법을 시현했다. 곧 김한기가 가리킨 돌 속에서 단검이 떨어졌다.

너무도 간단해서 김춘추마저 입을 딱 벌렸다.

리디아는 얼른 그것을 받아 줘었다. 황금색이 찬란하게 빛났다. 더불어 그녀의 손에 끼어 있는 반지가 요동쳤다.

"그분의 것이에요!"

리디아는 기쁨에 겨워 소리를 질렀다.

"그렇긴 하죠."

"그렇지."

김춘추와 김한기는 못마땅한 표정을 지으면서 동시에 말했다. 단도를 찾은 것까지는 좋은데… 문제는 아무런 일도 일어나지 않았다는 것이다. 단도가 리디아의 그분이 어디 있는지 알려 준 것도 아니고.

"두 분, 왜 그러세요?"

"또 찾아 나서야 하잖아!"

김한기가 버럭 소리를 질렀다.

"아, 그래도 이게 어디에요. 아무것도 없는 것보다는 그분의 물건 하나라도 챙긴 게."

리디아가 환한 웃음을 지어 보였다.

"속 편해서 좋겠다."

김한기가 투덜거렸다.

"뭐, 저라고 속 편하겠어요. 제가 판테온을 떠나온 지 1년도 안 됐지만 그곳의 시간은 어떻게 흘렀을지 모르는데."

리디아는 김한기의 말에 서운한지 자신의 속에만 담고 있던 말을 했다.

"……"

김춘추는 난처한 표정을 지었다.

안 그래도 판테온에 다녀온 일을 그녀에게 말해 주어야 하는데…

그러다 보면 두 세계 간의 시간대에 관한 질문도 그녀가 할 텐데…

김춘추는 막연히 지구와 판테온 사이에 1 대 4의 시간대가 존재하고 있다고 추리하고 있었다.

물론 그것은 자신이 반지를 찾을 동안 적용되는 시간대였다. 지구에서 일주일, 판테온에서 한 달. 그 이상을 넘으면 그가 존재하는 반대편 세계에서 균열이 생긴다.

'내가 지금 시간대에 존재하니 리디아의 시간대는 장담할 수 없지만 내 영향을 받지 않을까?'

김춘추는 막연히 그렇게 생각하고 있었다.

그렇다는 것은 리디아가 판테온을 떠나온 지 4년 안팎의 시간이 흘렀다는 것을 의미했다.

그녀가 이 사실을 알면 어떤 반응을 보일까?

제10장

진실

"저, 정말이요?"

호텔에 돌아온 김춘추는 리디아를 불렀다.

그리고 그녀에게 판테온에 다녀온 일을 말해 주었다.

"제가 그곳에 있을 때가 대륙년 3861년……."

리디아는 황망한 표정으로 중얼거렸다.

김춘추가 넘어갔던 판테온의 시간대는 3865년.

그러니 4년의 시간이 흘렀다.

역시 김춘추의 예상이 적중했다.

"시간대는 아직 속단하기 어렵습니다."

"대륙년 3865년이라면서요?"

"지금은 그렇죠."

김춘추가 그녀를 달래면서 말했다.

"지금은 그렇다는 게 무슨 뜻이죠?"

"7개의 반지를 전부 모으면 달라질 수 있다는 뜻입니다. 지금은 제가 반지를 찾는 푸른 용의 유희에 던져진 시간대라 제 시간대에 있는 황녀님마저 같은 시간대 영향을 받는 것 같습니다만… 반지를 다 찾게 되면 황녀님의 시간대와 제 시간대는 분리될 수 있습니다."

"아… 그렇지만 만약 더 황당해지면 어쩌죠?"

"그건 이미 각오하고 오셨잖습니까?"

"하지만… 저… 전……."

리디아는 뭐라 대꾸해야 할지 몰라서 중얼거렸다.

자신의 의지로 이곳에 온 것은 맞다.

그때 신관들 중 한 사람이 배신하지 않았더라면 황태자인 오빠가 계획대로 왔을 것이다.

오빠는 어렸을 때부터 그분에 대한 단서와, 여러 가지 황실 대대로 내려오는 그분에 대한 것들을 자신보다 더 자세히 알고 있었다.

다행히도 자신이 그분에 대해서 몹시 흥미를 보이자 친절한 오빠가 자신에게도 그 이야기를 해 주었다.

하지만 오빠가 아는 전부를 그녀가 아는 건 아니었다.

그리고 시간대에 관해서도 깊이 생각하지 못하고 지구로 넘어왔다.

그러니 시간이 지날수록 시간대에 관한 불안감이 그녀를 덮쳤다.

그런 까닭에 더 절박하게 그분을 찾아 나섰다. 그분이라면 시간대조차 어떻게 해 주지 않을까 하는 희망에 말이다.

그분에게 한 발 다가갔지만 여전히 단서 외에는 없다. 그러는 사이 시간이 흐르고 있었다.

아무리 황녀로서 교육을 받았다지만 고작 17살인 그녀로서는 감당하기 힘든 일이었다.

김춘추도 그것을 잘 알기에 최대한 그녀가 상심하지 않도록 노력했다.

"저도 갈래요."

리디아가 김춘추에게 단호한 어조로 말했다.

"그분을 찾는 게 목적이시잖아요?"

"그렇긴 하죠. 하지만 여인과 그분의 대화를 떠올려 보세요. 분명 이곳의 사람들이 찾을 수 없는 곳으로 그분이 떠난 거예요. 그것은 판테온으로 갔다는 것을 의미하지 않을까요?"

"판테온에 간 양반이 자신의 왕국이 몰락하는 것을 가만히 보고 있을까요?"

"그, 그거야……."

리디아가 김춘추의 말에 반격할 말을 찾지 못하고 입을 다물었다.

하지만 오히려 김춘추가 무언가 생각하는 눈치더니 이내

말을 바꾸었다.
"그냥 내버려 뒀을 수도 있겠네요."
"그게 무슨 뜻이죠?"
리디아가 반문했다.
"저기 저 사람만 봐도 저 성정으로는 자신의 왕국이 어떻게 됐건 관심도 없을 겁니다."
김춘추는 김한기를 가리키면서 말했다.
"그건 그렇지. 지들이 알아서 해야지. 내가 시조라고 해도 간섭하지 않을 거야."
김한기가 맞장구를 쳤다.
"그렇다는 건 판테온에 넘어갔을 수도 있다는 걸 의미하지. 이 단검은 어떤 식으로든 지구와 판테온을 연결해 주는 고리를 할 테고."
"개나 소나 판테온에 넘어갈 도구가 된다니. 거참."
김한기가 이상하다는 듯이 말했다.
"그건 그러네. 반지야 푸른 용이 차원을 지키니깐 그렇다 치고. 이 단검은 어떤 역할로 그런 일을 할 수가 있지? 그리고 속단할 수도 없지. 단검이 진짜 차원을 넘게 해 줄지는 모르지."
"그분의 단검이라면 어떤 방식으로든 차원을 열게 해 줄 것 같아요. 제가 넘어온 방식과 같잖아요."
리디아가 확신에 찬 어조로 말했다.
"아."

김춘추는 그 말의 의미를 알아챘다.

"거기서는 무지개 수정이었어요. 그것이 주문과 함께 차원을 넘는 힘을 주었어요."

리디아가 자신의 말에 힘을 주면서 말했다.

"흠."

김춘추는 단검과 리디아를 바라보았다.

시바 여왕의 표정에서 리디아의 그분은 과거 차원문지기였음을 추측할 수 있었다.

그런데 차원문지기가 자신의 감정에 휘둘려서 두 차원을 잇는 아티팩트를 마구 뿌려 놓았다.

어디 가당키나 한 일인가.

그렇다는 것은 두 세계 간의 균열, 차원의 균열이 자신들이 인지하지 못하는 사이에 생겨나고 있다는 것을 의미하기도 했다.

문지기가 자신의 역할을 벗어난 행동을 했으니…….

어쨌거나 그것까지는 알 바가 아니다, 라고 말하고 싶지만 자신이 관련 없다고 단정 지을 수가 없었다.

자신이 윤회를 전부 기억하게 된 이유가 혹시 차원의 균열 때문에 생겨난 현상이라면?

아니라고도 할 수 없었다.

리디아의 그분, 이제는 김춘추에게도 자신의 비밀에 관한 단서와 엮이게 된 셈이었다.

지금은 아니지만 불과 몇 세기 전까지만 해도 자신의 비밀을 풀기 위해서 세계를 정처 없이 떠돌던 때도 있었다.

김춘추는 그때를 떠올렸다.

일단 리디아의 그분을 찾는 데 협조하기로 마음먹었다.

어쩌면 자신이 모르는 자신의 과거를 찾을 수 있지 않을까 하는 희망이 모락모락 피어오르고 있었기 때문이다.

"주문… 압니까?"

"……."

김춘추의 질문에 리디아가 고개를 저었다.

"너는 주문도 모르고 넘어왔어!"

김한기가 벌컥 소리를 질렀다.

"저도 일부러 그런 것은 아니라고요."

리디아가 울먹이면서 말했다.

그 상황상 가장 최선의 선택을 했을 뿐이다.

그분을 만나면 그분이 알아서 자신을 판테온에 데려다 줄 것이라는 장밋빛 희망을 가지고 있었다.

단검의 존재는 어떻게 보면 그녀가 알아야 할 한 가지가 더 있어야 한다는 것을 의미했다.

"으이구, 답답해."

김한기가 투덜거렸다.

"방법이 아주 없는 것은 아닐지도 모릅니다."

김춘추가 말했다.

"어떤 방법?"

"반지가 있잖습니까?"

김춘추가 씨익 웃었다.

"그래? 얼른 해 보자."

김한기가 반기면서 말했다.

"한기 삼촌은 여기 일을 처리하셔야죠."

김춘추는 일부러 김한기를 삼촌이라고 부르면서 씨익 웃었다.

"또 나보고 뒤치다꺼리하라고?"

김한기가 소리를 버럭 질렀다.

"이게 제대로 작동한다고 해도 리디아와 함께 판테온에 간다는 보장도 없는데 너까지 가능하겠어? 게다가 그 몸이 없었을 때는 대한민국 밖도 못 나갔으면서."

김춘추가 차분하게 지적했다.

"쳇, 그건 또 모르지."

김한기가 투덜거리면서 말했다.

"그렇긴 하지. 일단 상황 좀 정리하고."

김춘추는 김한기의 말을 부정하지는 않았다.

지구 내 움직임은 한때 티페우리우스 엘 칸에게 제약이 있었다.

그 제약이 반드시 차원을 넘나드는 데 존재할지 어쩔지를 모른다.

게다가 반지의 의지가 어떻게 작용하는지도 모르고.
'만약 나 외에 다른 사람들을 데려갈 수만 있다면.'
김춘추의 눈빛이 빛났다.

사업하는 데 있어서 자신만 혼자 지구와 판테온을 넘나드는 것만으로는 부족하다.

"당장 해 보면 안 돼?"

"지금 해 봐요."

김한기와 리디아가 발을 동동 굴리면서 말했다.

"또 일주일을 비워야 하는데 정리 좀 하고."

김춘추가 그들에게 씨익 웃으면서 말했다.

◈ ◈ ◈

오성항공과 대한테크윈의 합병은 순조롭게 진행되었다. 그로 인해서 여론이 들끓었다.

하지만 그보다 오성그룹의 이희철이 건강을 회복한 것이 더욱 여론의 관심을 모았다. 절대 권력, 전세환 대통령에게는 이희철이 평계를 만들어 오성항공을 김춘추에게 넘기는 데 도움을 주었다.

전세환 대통령 역시 모종의 이유로 특별하게 두 기업이 합병하는 것을 막지 않았다.

김춘추 역시 대통령의 의중을 모르는 바는 아니었지만 짐짓 모른 척 사업을 더욱 확장 시키는 데 주력했다.
'오늘이군.'
김춘추는 오늘이 판테온에서 넘어온 지 딱 일주일이 되었음을 확인했다.
그간 일주일 동안 숨 가쁘게 살아왔다.
거의 잠을 자지 못한 것은 물론이었다.
만약 자신과 김한기가 함께 판테온에 넘어갈 수 있다는 가정 아래 두 사람이 없어도 일주일간 사업에 영향이 없도록 모든 스케줄을 가급적 변경했다.
하지만 변수가 생겼다.
무함마드 왕자가 한국에 온 것이다.
'끙.'
골치가 아프다.
만일 자신과 김한기, 리디아마저 일이 잘 풀려 판테온에 넘어간다면… 자신이나 리디아에 대해서 전부 알고 있는 무함마드 왕자가 무언가 이상한 낌새를 알아차릴 텐데.
그렇다고 왕자까지 데려가는 시도는 무모했다.
그런 이유로 김춘추는 어쩔 수 없이 왕자를 따돌려야 했다.
"왕자는?"
김한기가 김춘추에게 물었다.
"지금쯤 청와대에서 오찬을 들고 있을 거야."
김춘추는 피식 웃으면서 대답했다.

오늘 오찬에 간다고 이야기해 두었다. 물론 왕자도 함께 초대되었다고 말이다.

지금쯤 왕자는 오찬회에 자신이 오지 않은 것을 알겠지. 뭐, 비서에게 일러두었으니 나중에 왕자에게 얘기하겠지. 일주일간 잠시 여행을 떠나노라고.

'길길이 날뛸 텐데.'

김춘추는 관자놀이를 어루만졌다.

딱히 방법이 없었다.

일단 판테온부터 갔다 오고 보자.

가뜩이나 촉박한 시간으로 인해 일주일간 시간을 비우는 것만 해도 몸이 10개라도 모자를 지경으로 바쁜 시간을 보냈다.

그러니 왕자를 달래는 것은 그 이후에 생각해 보기로 했다. 판테온에서 한 달간 보내면서 말이다.

물론 거기서도 네 번째 반지를 제대로 찾는다면 말이다.

"만일 두 분 중 어느 한 분이라도 남게 되면… 아니 두 분 다 남게 되더라도 일주일간 잘 부탁합니다."

김춘추는 만일을 대비해서 김한기와 리디아에게 일러두는 것을 잊지 않았다.

꼬옥.

리디아가 자신의 손에 들린 단검을 소중하다는 듯이 다시 한 번 꽉 쥐었다.

김한기는 가볍게 고개를 끄덕였다.

"이제 시작합니다."

김춘추는 손을 들어 반지를 바라보았다.

단지 염원만으로 반지와 그는 연결될 수 있다.

한 개의 반지가 다시 세 개로 분리되었다.

3개의 커다란 소용돌이가 펼쳐졌다.

그에 반응하듯이 리디아의 손에 쥔 단검이 울리기 시작했다.

"아."

리디아의 얼굴에 환희가 떠올랐다.

직감적으로 알 수가 있다.

판테온으로 돌아간다.

4년 동안 지그에논 제국은 어떻게 변했을까?

리디아의 얼굴에는 온갖 감정이 소용돌이쳤다.

이윽고 반지에서 흘러나오는 푸른 용의 형태를 띤 안개가 세 사람을 감싸 안았다.

그리곤 곧 밝은 빛이 터져 나왔다.

파파팟!

또다시 그 전과 똑같은 증세를 겪었다.

자신의 몸이 종이 쪼가리와 같다는 느낌을 받았다.

종이 쪼가리는 차원이란 물에 담겨 이리저리 휘둘려진다.

영원히 끝날 것 같지 않은 이 느낌은 도저히 말로 설명할 수가 없었다.

"왔네용."

아그레스는 대기의 진동을 느끼고는 말했다.

"뭐가요?"

캘리 공녀가 아그레스의 말에 되물었다.

"내 친구들이용."

아그레스가 반가운 표정을 짓더니 뛰면서 곧 오두막을 나섰다.

캘리 공녀가 그 뒤를 쫓았다.

지금 이들은 아그레스에 의해서 산 정상 부근에서 구조된 이후 오두막에서 함께 지내고 있었다.

여전히 캘리 공녀는 아그레스가 엘프인 것으로만 알고 있었다.

어쨌든 공녀와 루돌프는 아그레스 덕분에 코러스 산 정상, 호숫가 근처에 있는 오두막에서 안전하게 지내고 있었다.

물론 오두막도 아그레스가 만들어 놓은 거지만 캘리 공녀는 전혀 모르고 있었다.

자신들을 쫓아왔던 블랙 기사단원들과 베네사 남작이 7서클의 마법사를 찾을 동안 이곳에서 몸을 숨기기로 했다.

어차피 그들은 자신보다 리스트란 공작을 위해서 존재하는 자들이었다.

자신이 안전하게 돌아가면 좋겠지만… 자신이 없어도 리스트란 공작에게는 아무런 문제가 없었다.

어차피 황제의 관심조차 받지 못하는 후처 따위는.

또다시 다른 여자을 선발해서 후처로 보내면 그만이었다.

아그레스의 뒤를 쫓아 나온 캘리 공녀는 호수 위에 떠 있는 사람들을 발견했다.

"마법사!"

그녀는 김춘추를 다시 만난 것이 무척 반가웠다.

캘리 공녀의 소리에 김춘추는 의식이 돌아왔다.

"어, 으… 옹……."

그는 나직막한 신음 소리를 냈다.

그러고는 호수 밖에서 자신들을 바라보는 아그레스와 캘리 공녀를 쳐다보았다.

"뭐하세용? 빨리 나오세용."

김춘추를 향해서 아그레스가 말했다.

"아."

김춘추는 몸을 일으키다가 무언가 생각이 났는지 주변을 두리번거렸다.

곧 그의 눈에 정신을 잃은 리디아가 보였다.

하지만 김한기는 그 어디에도 보이지 않았다.

'티페가 지금쯤이면 울부짖고 있겠군.'

김춘추는 리디아를 깨우면서 속으로 미소 지었다.

그 시간, 김한기는 자신만이 호텔방 안에 남았음을 깨달왔다.

"으으으윽! 너무해!"

리디아는 이미 그녀의 몸이 오두막으로 옮겨졌을 때 깨어났다.

"여… 여기가 어딘가요?"

그녀는 침상에서 몸을 일으켰다.

벌컥.

캘리 공녀가 때마침 문을 열고 들어왔다.

"일어났네?"

"아."

리디아는 고개를 끄덕였다.

"춘추 오빠는?"

"춘추 오빠? 무슨 말이지."

이내 리디아는 캘리 공녀가 판테온 헬레니드 대륙의 말을 하고 있다는 것을 깨달았다.

"아……."

리디아는 순간 자신도 모르게 뜨거운 눈물을 흘렸다.

판테온에 돌아왔다.

믿기지 않았다.

물론 아직 그분을 찾지 못했다.

그러니 금의환향한 것은 아니다.

복잡한 생각이 눈물과 함께 몰려왔다.
"살았는데 왜 우니?"
캘리 공녀는 리디아를 빤히 보면서 말했다.
"그, 그냥요. 저랑 같이 온 남자는?"
"게오르그 마법사는 지금 엘프랑 같이 있어."
캘리 공녀가 살짝 못마땅한 표정을 지으면서 말했다.
그동안 자신에게 잘해 주던 엘프는 김춘추가 나타나면서 완전히 돌변했다.
물론 함께 아그레스 산을 지나올 때 눈치챘지만, 엘프는 젊은 마법사에게 완전히 빠져 있었다.
그러니 캘리 공녀가 의구심을 갖고 김춘추에게 질문을 해도 번번이 엘프 그레이아에게 막히곤 했다.
물론 김춘추 외에는 엘프가 드래곤 아그레스라는 것을 모른다.
단지 드래곤 아그레스의 노예였던 그레이아가 아그레스의 명에 따라 자신들과 합류한 줄로 알고 있었다.
벌컥.
문이 열리고 김춘추와 아그레스가 들어왔다.
그 뒤로 루돌프도 있었다.
"티아, 괜찮아?"
리디아가 말을 하기도 전에 김춘추가 먼저 황급히 말했다.
"티……?"

리디아의 눈이 동그래졌다. 이내 그녀는 판테온에 오기 전에 김춘추가 한 당부 사항을 떠올렸다.

판테온에서 그는 게오르그 폰 홀슈타인, 그리고 자신은 타이레아 폰 홀슈타인으로 가장하기로 한 것이었다.

"미안, 호수에 처박게 해서… 내 사랑하는 여동생아."

김춘추는 일부러 '여동생'이란 말을 강조했다.

"아, 아니에요. 제가 보조를 잘했더라면."

리디아가 고개를 흔들며 말했다.

"으흠."

아그레스는 실눈으로 두 사람을 번갈아 쳐다봤다.

이미 모든 것을 다 아는 그녀로서는 별다른 반응을 보이지 않았다.

다만 캘리 공녀와 루돌프만이 이 연극에 속아 넘어가고 있었다.

김춘추가 리디아의 신분을 바꾼 데에는 이유가 있었다.

그녀는 지금 당장 지그에논 왕국으로 달려갈 수가 없었다. 단지 단서인 단검 하나 들고서는.

그래 봐야 황제와 황태자는 실망하겠지.

리디아의 설명에 의하면 그녀의 오빠, 황태자는 배신한 사제가 던진 단검에 의해서 심장 부근을 찔렸다고 들었다.

하지만 캘리 공녀의 말과 그간 입수한 정보에 의하면 리디아의 오빠인 콘스탄트 황태자는 살아 있었다.

어쨌거나 그들은 리디아 황녀가 다시 판테온에 돌아온다면 그분을 데리고 나타날 것이란 기대를 하고 있을 게 뻔했다.

리디아로서는 그들을 실망시키고 절망에 빠트릴 수는 없었다.

게다가 이곳, 판테온에서 그분을 찾을 수 있다는 희망적인 단서도 그녀의 손안에 있지 않은가.

그러므로 김춘추와 함께 이곳에서 네 번째 반지를 찾으면서 대륙 전역을 떠도는 것이 낫다. 그사이 단검에 반응하는 존재가 나타날 가능성이 컸다.

그렇게 생각하는 이유는 단 하나.

판테온을 다시 넘어가는 주문을 모르는데도 단검이 반지에 반응해서 리디아를 판테온에 넘어오게 하지 않았던가.

충분히 가능한 일이었다.

반지와 단검은 서로 간에 어떻게든지 깊이 연결되어 있으니깐 말이다.

"이제 어쩔 거야?"

캘리 공녀가 단도직입적으로 김춘추에게 물었다.

그녀는 김춘추가 늙은 후작의 아내로 시집가게 된 여동생을 내버려 둘 수가 없어서 몰래 데리고 왔다는 말을 믿고 있었다.

"돈을 벌어야죠."

김춘추는 딱 잘라 대답했다.

"돈을 벌면 가문에서 용서받을 수 있단 말인가?"

"부끄러운 말이지만 가문이 늙은이에게 여동생을 시집보내려는 것도 돈이 없어서 그런 것이니 후작보다 돈을 많이 벌면 용서하시겠죠."

"속 편하게 말하네."

"뭐, 복잡하게 살 것 있나요?"

김춘추가 웃으면서 말했다.

"그래도 그렇지, 가문이 입을 타격은 생각도 않고 무작정 여동생을 데리고 나오다니."

캘리 공녀는 리디아를 흘낏 보고는 김춘추에게 말했다.

"그건 마마님께 들을 말이 아닌데요?"

"……."

김춘추의 지적에 캘리 공녀는 할 말을 잃었다.

하긴 자신도 마찬가지가 아닌가.

오빠인 루돌프는 자신 때문에 남작이라는 직위를 잃게 된다. 그것을 알면서도 자유를 위해서 도망쳤다.

단지 자신의 자유를 위해서 오빠마저 희생시키지 않았던가.

"피차 할 말이 없죠."

김춘추는 씨익 웃었다.

"이제 어쩌지?"

캘리 공녀가 황망한 표정으로 물었다.

"마마님이야 계획이 있지 않습니까? 그 위대한 대마법사를 찾아서 어쩌고저쩌고 한다는… 뭐, 그런 게 있는 것 아닙니까?"

"꼭 그렇지도 않아."

캘리 공녀가 고개를 저었다.

'이거 대책 없는 사람들만 있군.'

김춘추는 그녀의 말에 인상을 썼다.

지금 자신만 바라보고 있는 사람들의 시선에 현기증마저 일었다.

이들을 모두 데리고 대륙을 떠돌아다닐 수는 없다. 리디아를 데리고 다니는 것은 당연하지만, 아그레스의 눈치도 쉽게 자신한테서 떨어질 것 같지도 않고.

'이 남매를 어쩐담?'

김춘추는 팔짱을 끼고 인상을 썼다.

◈ ◈ ◈

리스트란 공작은 통신구를 통해서 캘리 공녀, 아니 레이나와 루돌프가 사라진 것을 전해 들었다.

"일단 마법사부터 찾아!"

「알겠습니다.」

"마법사를 찾게 되면 그를 시켜서 레이나도 데려오도록."

리스트란 공작은 인상을 쓰면서 통신구를 닫았다.

처음 레이나를 데려왔을 때가 떠올랐다.

마치 길들여지지 않은 야생마 같은 아이였다.

그럼에도 그 미모가 가문의 여타 여자애들보다 뛰어나게 아름다웠다.

손을 타지 않은 원석.

자신이 품을까 하는 생각을 잠시 했다.

하지만 그보다는 황제의 환심을 사는 것이 더 중요했다.

아까운 마음으로 황제에게 보냈건만 황제는 거들떠보지도 않았다.

리스트란 공작은 그것이 못내 아까웠다.

어차피 레이나가 마음에 안 들어서가 아니다. 자신을 견제하기 위한 수단으로 아예 그녀의 얼굴조차 안 보려고 한 것이었다.

그러니 그보다 못생긴 애를 던져 주었어도 결과는 마찬가지였을 것이다.

'반드시 황제 자리를 내 손에 넣는다. 레이나를 품는 것은 그다음이다. 흐흐흐.'

리스트란 공작의 입가에서 음흉한 미소가 흘러나왔다.

◈ ◈ ◈

김춘추와 리디아, 그리고 아그레스와 캘리 공녀, 루돌프는 다시 군트람 왕국이 있는 쪽으로 코러스 산을 내려가기 시작했다.

김춘추로서는 캘리 공녀와 루돌프를 데려가는 것이 마땅치 않았지만, 일단 그들이 몸을 숨길 수 있도록 협조하기로 했다. 코러스 산을 내려간 후 군트람 왕국에서 헤어지면 된다.

마음 같아서는 아그레스의 능력으로 그들을 단숨에 군트람 왕국까지 데려다 주고 싶지만 아그레스가 협조하지 않았다.

자신의 정체를 드러내고 싶지 않다는 이유였다.

드래곤의 말은 절대적이다.

김춘추 역시 아그레스가 자신에게 협조할 이유가 없다는 것을 알고 있었다. 그저 흥미로워서 자신을 따라다닐 뿐.

한낱 유희의 대상일 뿐이었다.

드래곤 아그레스의 도움으로 단숨에 산의 정상에 올라와 있을 때와는 달리 산이 아그레스 산에 비해서 아주 험난하다는 것을 김춘추는 깨달았다.

곳곳에 몬스터의 흔적들도 보였다.

게다가 그들과 함께 산을 내려가는 동안 캘리 공녀의 투덜거림도 김춘추의 짜증을 유발했다.

그녀가 그러는 데는 이유가 있었다.

"꼭 이렇게 해야 해?"

캘리 공녀는 자신이 겨우 열 살밖에 되지 않는 어린 소녀의 모습으로 바뀐 것에 대해서 불만이 많았다.

"어쩔 수 없잖습니까?"

김춘추는 고개를 단호하게 저었다.

얼굴만 바꾸는 것으로 블랙 기사단과 베네사 남작을 속일 수는 없었다. 산을 내려가는 동안 그들과 틀림없이 마주치게 될 것이다.

의외로 캘리 공녀의 외모와 나이를 바꾸는 것을 아그레스가 순순히 해 주었다.

물론 루돌프 역시 마찬가지고.

4서클의 마법사인 김춘추와 리디아가 이들을 변화시키지 못하는 것은 아니다.

하지만 사물이 아닌 사람을 대상으로 하는 마법은 상당히 복잡하고 그 지속 시간이 보다는 짧았다.

게다가 블랙 기사단과 베네사 남작이 다른 마법사를 대동하고 나타날 것이 뻔했다.

그런 이유로 김춘추는 아그레스의 도움을 부탁했고, 그녀는 재밌다는 이유로 허락했다.

다만 캘리 공녀와 루돌프는 아그레스가 아닌 김춘추가 마법을 시현한 것으로 알고 있다. 아그레스는 이들에게 자신의 정체를 드러내는 것을 싫어했음으로.

60대에 가까운 노인이 된 루돌프는 별다른 말이 없었지만 캘리 공녀는 길길이 날뛰었다.

겨우 열 살의 꼬마라니.

"자꾸 그러시면 성별 바꿉니다."

"뭐, 뭐라고!"

캘리 공녀가 화를 냈다.

"쉬, 낮말은 새가 듣고 밤말은 쥐가 듣습니다. 그러니 더 이상 불평하는 것은 곤란합니다."

"그런 말이 어딨어?"

캘리 공녀가 항변했다.

"저희 나라에는 그런 말이 있습니다. 여튼 그만하죠."

김춘추가 손가락을 들어 입을 가렸다.

캘리 공녀도 더 이상 항변하지 못하고 침묵했다.

그의 말이 맞으므로.

아직 자신들은 코러스 산속에 있으니 말이다.

"이상한 게 오는데용?"

아그레스가 몸을 비비 꼬면서 말했다.

"뭔데요?"

김춘추가 되물었다.

"글쎄용, 오호홍."

아그레스는 손으로 입을 가리면서 웃었다.

김춘추는 온 신경을 집중했다.

그런데 이상하다.

아무것도 느낄 수가 없었다.

"뭐가 있죠?"

"뭐가 있어용, 바로 이 근처에."

아그레스는 손으로 아래를 가리켰다.

김춘추의 얼굴에서 긴장의 빛이 떠올랐다.

남들보다 뛰어난 감각을 가지고 있는 그였다.

더구나 4서클의 마법까지 동원하고 있었지만 아무것도 느낄 수가 없었다.

"그레이아, 무슨 수 없어?"

김춘추가 아그레스를 부르면서 물었다.

"글쎄요. 엘프들은 느낄 수 있지만 인간의 능력으로는 감지되지 않나 봐요."

아그레스는 일부러 과장된 몸짓으로 일행들이 들으란 식으로 말했다.

김춘추는 자신들의 주변을 포위하고 있는 그것들이 적이 아니길 바랐다.

"어떻게 해요?"

리디아가 김춘추를 바라보았다.

그녀도 지금 상황이 심각하게 돌아간다는 것쯤은 잘 알고 있었다.

엘프는 느끼지만 4서클의 마법사인 김춘추조차, 아니 자신조차 아무런 기척을 느낄 수 없는 상대가 이 근방에 있다니.

그레이아가 거짓말을 한 것이 아니라면 그야말로 위급한 상황이었다.

철컹.

김춘추는 허리에 찬 검을 바닥에 내려놓았다.

그리고 일행에게 말했다.

"각자 들고 있는 무기는 내려놓으세요."

김춘추의 말에 일행은 의도를 깨닫고는 시키는 대로 했다.

일행이 무기를 내려놓는 것을 본 김춘추는 다시 큰 소리로 말했다.

"우리는 싸울 의사가 없습니다! 그러니 모습을 드러내시오!"

"……."

주변은 고요했다.

김춘추의 이마에서 식은땀이 흘러내렸다.

무언가 있다.

좀 전까지는 전혀 느낄 수가 없었다.

그래서 혹시나 아그레스의 장난이 아닐까 하는 의심도 했다.

수군수군.

보이지 않는 이들이 김춘추 일행을 어떻게 할 것인지 의논하기 시작하자 김춘추도 느낄 수가 있었다.

미세한 진동이 공기를 타고 그의 감각을 예리하게 흔들고 있었다.

익숙한 느낌이다, 그도 상대한 적이 있는.

김춘추는 곧 상대가 누군지 알 수가 있었다.

의논을 마친 보이지 않는 상대들이 모습을 드러냈다.

그것은 트롤이었다.

트롤 10여 마리가 이들을 에워싸고 있었다.

'어떻게 트롤들이 이럴 수가 있지?'

김춘추도 몬스터에 대한 상식은 어느 정도 알고 있었다. 다른 몬스터들에 비해서 트롤들이 주술사도 있고, 나름 신비로운 종족이긴 했다.

그렇지만 그들의 수준은 인간들의 수준을 넘지 못한다.

하물며 4서클 마법사보다 이들의 수준이 더 뛰어나단 말인가?

말도 안 된다.

김춘추는 직감적으로 이들에게 무언가가 있음을 알았다.

"너희들은 우리의 포로다."

트롤들 중 대장인 알로가 말했다.

물론 트롤어였다.

김춘추는 곧 통역 마법을 시현했다.

그리고 자신뿐만 아니라 일행들에게도 통역 마법을 시현해 주었다.

"당신들을 따라가겠습니다."

김춘추는 침착하게 말했다.

"나도 간당."

아그레스가 비비 꼬면서 말했다.

"엘프, 너는 필요 없다."

"잉! 나 밥 잘해."

아그레스가 트롤대장 알로에게 눈웃음 치면서 말했다.

"밥? 필요 없다. 너와 이 자리에 있는 몇 놈을 먹으면 그만이다."

알로는 그렇게 말하면서 그들을 먹잇감으로 바라보았다.

"성급한 결정은 나중에 내리십시오."

김춘추가 알로 앞에 나서서 말했다.

"성급한 결정이라고? 감히 나에게 그딴 말을 해!"

알로가 화를 냈다.

'너 그러다가 죽거든?'

김춘추가 아그레스를 한번 스윽 보고는 다시 알로에게 말했다.

"네들이 다가온 것을 이 엘프가 알아챘다. 너희 수장은 이 엘프에 대해서 흥미가 일 것이다."

"……"

김춘추의 말에 알로는 잠시 생각에 잠겼다.

알로는 단순히 먹이 사냥을 나온 것이 아니었다. 수장의 명령으로 이들을 포위한 것이다.

물론 수장은 인간들을 사로잡아 오라고 했다. 그러니 엘프 하나쯤은 꿀꺽해도 문제가 없었다.

하지만 엘프가 수장의 마법을 꿰뚫어 보았다니.

단순히 엘프를 꿀꺽하는 것으로 수장의 눈을 피할 수가 없을 것 같았다. 그들의 수장도 저 인간이 입을 놀리고 나면 엘프에게 관심을 가질 게 뻔했다.

"엘프, 너도 간다."

트롤대장 알로의 말이 떨어졌다.

'지금 그 결정이 네놈 목숨을 구한 거다.'

김춘추는 속으로 알로에게 중얼거렸다.

아그레스는 살짝 미간을 찌푸렸다.

한바탕 할 기회를 놓쳤으니 말이다.

-제길, 재미없네.

-덕분에 캘리 공녀에게 신분을 발각당할 일이 없어지지 않았습니까?

-그렇고 보니 그러네.

아그레스는 김춘추의 말에 고개를 끄덕였다.

-조용히 따라가죠.

-그냥 싹 죽이지. 저놈들이 뭘 어찌했는지 몰라도 별 볼 일 없던데.

-그렇긴 한데 궁금해서요.

김춘추가 씨익 웃어 보였다.

6권에 계속

www.mayabook.co.kr

www.mayabook.co.kr

www.mayabook.co.kr